LE CONSOLATEUR

Par FLEUREAU,

Ouvrier Corroyeur,

Auteur de VÉRITÉ ET LUMIÈRE.

SOMMAIRE :

Le libre-échange au point de vue ouvrier. — A la bourgeoisie. — Aux ouvriers. — Avant, pendant et après la renaissance des peuples. — L'égoïste et le philanthrope. — Position économique du monde ou l'impuissance philanthropique. — Le paupérisme, sa cause, et le moyen d'y remédier. — Résumé. — Le principe monarchique et le suffrage universel. — Le rail-way, ou la crise industrielle. — Clé de l'économie politique. — La marque obligatoire sur les produits, ou le génie terrassé par la renommée. — Les socialistes disputant à Dieu le sceptre du monde. — Impuissance des socialistes. Mauvaise foi des socialistes. — Un dernier mot.

Prix : 1 Fr.

A PARIS,

Chez l'AUTEUR, rue Montmartre, 31.

1847.

LE CONSOLATEUR

PAR

FLEUREAU, Ouvrier Corroyeur,

AUTEUR DE *Vérité et Lumière.*

> S'il est fort, qu'il pèse et qu'il juge ; s'il est plus fort encore, qu'il examine et qu'il enseigne ; s'il est le plus grand de tous, qu'il console.
>
> VICTOR HUGO, *Académie française.*
> Séance du 16 janvier 1845.

PREMIÈRE PARTIE.

Le libre-échange au point de vue ouvrier. — A la bourgeoisie. — Aux ouvriers. — Avant, pendant et après la renaissance des peuples. — L'égoïste et le philantrope. — Position économique du monde ou l'impuissance philantropique. — Le paupérisme, sa cause et le moyen d'y remédier. — Le rail-way ou la crise industrielle. — La clé de l'économie politique. — La marque obligatoire sur les produits, ou le génie terrassé par la renommée.

1847

LE CONSOLATEUR.

PREMIÈRE PARTIE.

En ce temps-là, Jésus dit à ses disciples : Maintenant, je m'en retourne vers celui qui m'a envoyé et aucun de vous ne me demande où je vais; mais, parce que je vous ai dit ces choses, la tristesse vous a saisi le cœur. Cependant, je vous dis la vérité : il vous est utile que je m'en aille, car, si je ne m'en vais point, le consolateur ne viendra point à vous, mais, si je m'en vais, je vous l'enverrai, et lorsqu'il sera venu il convaincra le monde, touchant *le péché*, touchant *la justice*, touchant *le jugement*; touchant le péché, parce qu'ils n'ont pas cru en moi; touchant la justice, parce que je m'en vais vers mon père et que vous ne me verrez plus; et touchant le jugement, parce que le prince du monde est déjà jugé. J'aurais encore beaucoup de choses à vous dire, mais vous ne pourriez pas les porter présentement.

Quand l'esprit de vérité sera venu, il vous fera entrer dans toutes ces vérités; car il ne vous parlera pas de lui-même, mais il dira tout ce qu'il a entendu, et il vous annoncera les choses à venir. C'est lui qui me glorifiera, parce qu'il prendra de ce qui est à moi et il vous l'annoncera.

Lecteurs, mon travail est comme celui du ramier, sans corps, sans liaison, et dépourvu de l'harmonie la plus essentielle..... mais cela n'a rien qui doive étonner..... Un ouvrier peut, pour arracher péniblement sa vie à la terre, dresser ses bras, mais sa langue... pour faire ses phrases... non... Persuadé que la vérité, pour captiver, n'a pas besoin de parure, je l'habille avec ce que j'ai. Je vous dirai aussi, lecteurs, que j'aurais pu traiter avec plus de détails cette grande question économique; mais plus de détails enfantent plus de lettres, et par conséquent plus de mots à faire; pour lors plus de frais typographiques, et cette sorte de frais est presque aussi difficile à faire pour l'ouvrier que d'avoir un beau langage.

Le Libre Échange au point de vue ouvrier.

Les prohibitionnistes, afin d'entraîner la classe ouvrière à leur suite, lui disent : A quoi vous servira le bon marché des objets nécessaires à la vie, résultant du libre échange, puisqu'il est constant, palpable, que l'on vous diminuera immédiatement votre salaire en proportion de ce bon marché. Quand messieurs les protectionnistes raisonnent ainsi, ils ne pensent qu'aux ouvriers attelés au char de l'industrie, mais, quand à ceux qui sont dételés, ils n'y pensent pas... Mais nous, ouvriers, nous y pensons, car, quand nous sommes dételés, nous n'avons pas de provende.

Ainsi, pour bien pénétrer la question du libre-échange, il faut prendre les choses telles qu'elles sont, c'est-à-dire reconnaître : 1° que, malgré leur apparente abondance, il y a cependant pénurie des matières nécessaires aux besoins humains; 2° qu'il y a un camp de chômage et un camp de travail, et que ces deux camps sont à peu près égaux; 3° que, si le camp de chômage travaillait au lieu d'être réduit à l'inaction, une double quantité de produits serait mise au jour, et, par conséquent, il en résulterait une somme double de jouissances pour tous, vu qu'en doublant les producteurs, on double les consommateurs; car il n'y a que celui qui produit, c'est-à-dire qui travaille, qui peut se faire consommateur; 4° que, s'il existe un camp de chômage, c'est parce que le camp du travail employé absorbe chaque jour tout le numéraire disponible à cet effet (1).

Mais, par quel moyen peut-on mettre le camp du chômage en activité?

Eh bien! il n'en est qu'un seul; et, ce moyen unique, il consiste à réduire de moitié le salaire des ouvriers occupés, et à reporter cette diminution sur la portion inoccupée. Il y en a bien encore un, mais celui-là est imperceptible, et c'est tout au plus s'il peut maintenir l'état industriel dans son état normal (maintenir la même quantité d'ouvriers en mouvement), je veux parler de la rente, c'est-à-dire du bénéfice prélevé par les entrepreneurs sur le camp du travail, qui lui aussi est destiné à appeler, au fur et à mesure qu'il s'accumule dans certaines mains, des nouveaux travailleurs du camp du chômage pour le camp du travail, mais qui ne le peut faire d'une manière sensible, vu qu'il est, par le fait de la concurrence, si minime, qu'il est, pour ainsi dire, entièrement absorbé par les fausses entreprises qui déterminent les faillites, et par des catastrophes de tous genres, telles que les incendies, naufrages, inondations, tremblements de terre, etc., etc., catastrophes indomptables qui le dévorent à mesure qu'il naît, en versant dans le gouffre du néant des flots de sueur péniblement amassés goutte à goutte.

Ainsi, comme je le dis, ce moyen (la rente, c'est-à-dire le bénéfice prélevé par les entrepreneurs sur le camp du travail) est insuffisant pour transformer le camp du chômage en camp du travail, transformation qui seule pourtant peut donner la nourriture et l'indépendance à l'ouvrier, où il lui faudrait autant de milliers d'années qu'en contient l'éternité, vu que les sinistres de toute nature le dissipent, aussitôt qu'il est éclos, par la ruine des individus qui, par ce fait, sont immédiatement mis dans le camp du chômage, pour lors de la misère, ainsi que les ouvriers qu'ils occupaient (2).

(1) La preuve que tout le capital est employé chaque jour, c'est que les hommes qui en possèdent un peu en disponibilité cherchent immédiatement un moyen quelconque pour le donner à l'ouvrier; ils s'associent, ils se cotisent, pour former une somme assez ronde, afin d'entreprendre quelque chose, et ce quelque chose est toujours pour mettre des ouvriers en mouvement de travail.

(2) Il y en a qui croient peut-être que les assurances redressent ce qui est tombé, améliorent ce qui est dévasté, et que les maîtres, comme les ouvriers, n'ont presque rien à souffrir, et cela, parce que la place où est arrivé le sinistre a repris, au bout de quelques mois, son état normal. Eh bien! qu'ils aillent demander à l'assureur où il a été chercher l'argent nécessaire pour redresser ce qui était tombé, il leur répondra qu'il a été le chercher chez son banquier, et que son banquier l'a été chercher chez le manufacturier, et que le manufacturier, pour pouvoir le lui rendre, a été obligé de mettre en chômage une partie de son personnel, vu que, démuni d'espèces, il ne peut plus les faire travailler. Ainsi donc, n'importe

Ainsi, comme on voit, ce moyen (la rente) étant annulé par les sinistres, il ne reste que le moyen dont j'ai parlé plus haut, la réduction du salaire, c'est-à-dire diminuer de moitié le salaire des ouvriers occupés et reporter le fruit de cette diminution sur la portion inoccupée, si toutefois les camps du travail et du chômage sont égaux.

Maintenant, est-il un mode de procéder acceptable, qui permette cette diminution immédiate du salaire des ouvriers travaillant, sans léser en aucune façon la satisfaction de leurs besoins les plus légitimes : leur nourriture, leur couvert, etc.?

Oui ; là encore il y en a un, un seul.

La solution de ce problème, elle est tout entière dans la mécanique (française et étrangère), qui, fabriquant à un bon marché considérable les produits nécessaires à la vie, permet cette réduction salutaire, qui a pour effets bienfaisants de vêtir et alimenter les inoccupés sans appauvrir ceux qui travaillent.

Pour bien saisir cette question jusqu'en ses fondements, jusqu'en ses dernières conséquences, veuillez me permettre une comparaison, et vous transporter avec moi, par la pensée, sur une éminence, d'où nous regarderons ensemble la plaine qui s'étend à nos pieds. — N'apercevez-vous pas vers ce point de la plaine, à droite, comme une masse vivante étendue sur le sol, et ne distinguez-vous pas que ce sont des hommes? Voyez-les : les uns portant des fardeaux; les autres, la casquette sur l'oreille, les bras retroussés, maniant la lime et le rabot; plus loin, des charrues se traînant lentement sur le sol, y traçant leurs sillons. Eh bien! ce que vous voyez-là, c'est le camp du travail.

Mais, si vous tournez vos regards à gauche, vers cet autre point de la plaine, le spectacle change : ce sont encore des hommes, mais hâves, mais nus, mais se traînant mornes et abattus sur la lande aride. Cela, c'est le camp du chômage.

Maintenant, à la base de la colline d'où nous assistons à ce grand, à cet amer contraste, voyez se dessiner comme une sorte de tonne à compartiments pleine d'objets usuels de toute nature; puis une colonne mobile qui, partant de cette tonne, va se perdre, en s'élargissant en un socle mouvant, tumultueux, dans le champ du travail. Cette colonne, examinez-là attentivement, et vous reconnaîtrez qu'elle est formée par le va et vient processionnel des femmes, des enfants, des hommes eux-mêmes, qui accourent s'approvisionner à cette tonne des objets qu'elle contient.

où arrive un sinistre, qui dévaste, je suppose, une valeur de 100,000 fr., on peut être certain que, n'importe où, il y a trois ou quatre cents ouvriers de rentrés dans le camp du chômage, c'est-à-dire dans la misère, attendu que ce qui devait les couvrir et les nourrir, moyennant travail, n'existe plus, et, n'ayant plus de quoi les nourrir et les vêtir, on ne peut les mettre en travail.

Si nous reportons nos yeux au camp du travail, nous y remarquons des épisodes qui ne nous avaient pas frappés d'abord : ainsi, auprès de chaque groupe laborieux, muet, penché sur la tâche rude, se tient debout un homme au regard vigilant, au maintien sévère. Ne l'avez-vous pas reconnu, cet homme, au luxe de sa mise comme à la rigidité de ses traits? — C'est le maître.

Voyez : l'un d'eux se courrouce; il s'écrie avec emportement en s'adressant au groupe muet qu'il surveille, — ses ouvriers, sans doute; — il les menace!... Mais un des ouvriers, à bout de patience, lui réplique sur le même ton... Hélas! et voilà qu'il abandonne ses outils, endosse sa casaque, et part le visage consterné, parce que le maître, outré de l'audace de cet inférieur; le maître, blessé de sa réponse, qui pourtant n'a été dictée que par le sentiment de la dignité et de la justice, lui a ordonné de quitter le travail.

Un incident, si frivole en apparence et si vulgaire, aurait-il assez de puissance pour expliquer l'effervescence qui se manifeste tout-à-coup dans le camp du chômage? Il en est ainsi, pourtant : voici une foule qui s'en détache et se précipite vers le camp du travail; tous s'élancent, tous se ruent, mais tous n'arrivent pas au but de leur course; çà et là les uns sont distancés, les autres tombent en route. C'est que, sans doute, ceux-là ne courent pas aussi bien que les autres, ou peut-être il y a plus longtemps qu'il n'ont mangé, c'est-à-dire qu'ils n'ont passé par le camp du travail, unique chemin qui conduit à la tonne des subsistances.

Les plus alertes touchent enfin à l'arène du travail, objet de leur désir ardent. Le maître de tout-à-l'heure, si dur et si austère envers ses ouvriers, entre en pourparlers avec plusieurs, et, après des conditions débattues, — quelles conditions! — il en admet un pour remplacer l'homme qu'il a congédié. — Pour tant d'affamés, une place à prendre!

Mais combien gagnent-ils donc ces hommes du camp du travail dont la place est si courue? Ils gagnent 3 fr. par jour. Ces 3 fr., ils les donnent en échange des objets alimentaires et domestiques dont est remplie la tonne dont nous avons parlé plus haut; et pendant qu'ils les consomment, leur travail est destiné à la remplir de nouveau, *et vice versâ.*

Mais, que voyons-nous apparaître à l'horizon, de ce côté de la mer? Une voile! oui, une voile, pavillon anglais; voilà le navire qui s'approche; il entre dans le port; il s'embosse; on décharge les colis... N'est-ce pas une tonne en tout pareille à celle qui est ici que l'on transborde? Oui; on la place sur un charriot qui s'avance de ce côté; mais, à mesure qu'elle approche, il me semble distinguer le chiffre 30 dont elle est étiquetée. En effet, c'est bien cela : 30 sous; et on vient de la placer à côté de l'autre qui porte, elle, le chiffre inexorable de 3 fr. Ainsi, voilà qui est posé : les produits de l'une sont exactement du double plus chers que ceux de l'autre.

Mais, voici les maîtres qui s'émeuvent; ils se rassemblent, confèrent entre eux, et se décident à coter, eux aussi, la tonne française à 30 sous; « car sans cela, disent-ils, elle leur resterait. » Mais, en même temps, puisqu'on peut avoir une tonne de matière à 30 sous, ils pourront ne donner que 30 sous à leurs ouvriers. Cependant, que faire du capital qui leur restera entre les mains? A cela ne tienne. L'un d'eux, bon esprit, a vite trouvé à cette objection une solution satisfaisante : « Il y a, dit-il, deux tonnes de produits à 30 sous; comme par le passé, le camp du travail n'en pourra toujours vider qu'une, puisqu'il ne va plus lui-même gagner que 30 sous; alors, il nous faut donner au camp du chômage cette moitié des 3 fr. que nous avons prélevée sur le camp du travail, soit 30 sous, qui nous restent entre les mains, avec lesquels le camp du chômage pourra, lui, vider la tonne anglaise; et, durant le temps qu'il mettra à la vider, il travaillera à la remplir, comme faisait précédemment le camp du travail à l'égard de la première tonne quand elle était seule. La conséquence est facile à saisir : nos bénéfices seront doubles ayant deux camps du travail, quand jadis nous n'en avions qu'un, c'est-à-dire le double d'ouvriers, et, partant, en agrandissant le cercle, le double aussi de champs cultivés, d'usines en activité, de fabriques en rapport, etc., etc. Mais il faut des consommateurs à ce surcroît de production. Eh bien! en nous renfermant chez nous seulement, pour ne pas nous exposer aux reproches d'utopies et d'espérances chimériques, dans notre seule population ouvrière, n'avons-nous pas la masse consommante doublée, par ce seul fait de toute une moitié inoccupée hier encore, c'est-à-dire incapable d'acheter, travaillant aujourd'hui, c'est-à-dire apte à satisfaire aux conditions de la suffisante vie et même du bien-être que jusqu'ici le chômage lui avait interdits. »

Je vous avoue, quant à moi, que je trouve ce calcul très logique; et à vous, lecteur, que vous en semble?

Oui; mais voilà celui que nous avons vu tout-à-l'heure si rempli de mansuétude et d'humanité envers ses ouvriers qui s'y oppose; il dit que c'est vrai, qu'ils seront doublement riches et que les ouvriers auront le double de jouissance, mais que cette richesse ne lui sourit pas du tout, parce que, dit-il, du moment que la classe ouvrière ne comptera plus de chômage dans ses rangs, nous tomberons dans sa dépendance, nous, ses maîtres, nous, qui la tenons aujourd'hui à notre discrétion, grâce à ce tout-puissant argument de chômage; et certes, que, si nous avons quelque conscience de notre prépondérance sociale, nous devons nous garder de concourir à cette œuvre qui n'est autre que l'accomplissement de cette parole de l'ouvrier charpentier de Jérusalem, qui a dit : les premiers seront les derniers, et les derniers seront les premiers. Allons ! allons ! si vous m'en croyez, il n'est qu'une chose à faire, c'est d'incendier cette malencontreuse tonne anglaise qui vient ici compromettre notre souveraineté de fabricants par sa concurrence osée ; car enfin, Messieurs et collègues, souffrez que je le répète, que deviendra la maîtrise du jour où le travail abondant émancipera les ouvriers, en quelque sorte? Par quel moyen les contraindre ou les comprimer, lorsqu'ils n'auront plus à craindre le chômage ; lorsque, au contraire, le travail aura décuplé, il faudra les prier, les choyer, pour les attirer dans nos ateliers et les y retenir? L'abondance des bras fait la situation des ouvriers précaire ; là est le secret de notre puissance. Avec toutes ces fabriques en activité, toutes ces usines fonctionnant, lorsqu'enfin ils n'auront plus qu'à choisir les ateliers, les chantiers où ils auront à offrir leurs services, comment désormais les empêcherons-nous de se présenter chez un rival, s'il ne les soudoie déjà, à l'aide d'un appât quelconque, pour s'emparer de votre clientèle, que vous ne pourrez plus servir faute de bras, et que lui servira à l'aide des ouvriers qu'il aura clandestinement enlevés. Et, quand je vous dis que c'est l'accomplissement des paroles de cet ouvrier-prophète dont je vous parlais tout-à-l'heure, je ne me trompe pas ; car nous allons bien, par l'abolition du camp du chômage fait de la tonne anglaise, devenir les serviteurs de nos serviteurs. N'en voulons-nous pas venir là? Brûlons alors cette tonne maudite ou renvoyons-la d'où elle vient, et cela, sans nous compromettre. La plupart des ouvriers voient de mauvais œil tout ce qui provient d'Angleterre ; laissons-les faire. Ils protesteront par voie parlementaire ou autrement contre cette importation nouvelle. Leur idée, à eux, ou leur erreur, peu importe, provient d'un autre motif que la nôtre ; laissons la agir ; fomentons-la, s'il le faut. La perspective d'une diminution de salaire y prête d'ailleurs ; ils repousseront d'eux-mêmes ce qui, pour eux, est la manne, sans doute, mais ce qui, pour nous, est l'affaissement de notre prépondérance sociale. Ainsi, à l'œuvre ! Déjà plusieurs se sont rassemblés pour protester ; envoyons-leur des émissaires, etc., etc. » — Voilà l'œuvre, involontaire sans doute, des protectionnistes.

Maintenant, lecteur, vous pouvez le reconnaître, on commet une erreur palpable lorsqu'on nous dit que la baisse des salaires, résultat probable de l'abondance des produits étrangers, fait le malheur de la classe ouvrière, puisque, loin de là, ce surgissement élargit son champ de travail, son champ industriel.

Est-on plus dans le vrai, lorsqu'on nous dit que la concurrence de la fabrication anglaise tuerait certaines industries indigènes, et compromettrait ainsi l'intérêt national ? — Non, certes ; car si l'Angleterre inondait notre territoire des produits de ses géants de fer, et ce à un prix tel que la concurrence fût temporairement impossible, cette situation pour la France serait de courte durée ; car, sachez-le bien, ce que tenterait ici l'Angleterre est un de ces efforts suprêmes qu'on ne tente qu'une fois. Il existe, en ce moment, pour la Grande-Bretagne, engorgée de ses matières manufacturées, ce qu'on pourrait appeler une pléthore industrielle, dont elle cherche à se sauver par une saignée qui peut lui être salutaire ; mais l'application d'un système suivi de saignées serait mortel. Profitons de cette situation, ne fût-ce que comme une expérimentation destinée à venir en aide à une époque de crise organisatrice et d'enfantement. En effet, pendant ce temps, mettons tout en usage pour accroître notre outillage, perfectionner nos systèmes producteurs, métamorphoser le camp du chômage en fécondateur du sol en friche qu'il foule inutilement aujourd'hui sans profit pour lui ni pour personne; multiplions, en un mot, nos sources productives, et ce ne serait point long ; car, au moment où je parle, il est bien des usines qui, sauf le temps de torpeur et de prostration industrielle où nous sommes, pourraient, sans la moindre dépense, utiliser une fois plus d'ouvriers qu'elles n'en ont.

Et, pense-t-on qu'une transition si complète soit tardive à porter ses fruits pour la prospérité française? Nullement, attendu que la diminution immédiate des salaires permettant à la fabrication indigène d'augmenter sa production et au même prix que ses voisins d'outre-Manche, notre marché serait, par la force des faits, bientôt fermé à ceux-ci. Au contraire, c'est que la baisse des salaires faisant baisser immédiatement le prix de nos produits, ils s'ouvriraient des marchés où ils ne peuvent figurer aujourd'hui, et notre exportation prendrait certainement une extension comparativement à la baisse des salaires. Et, que resterait-il pour nous de cette expérience? Ceci purement et simplement : le double d'usines élevées, le double de commerce, le double de champs cultivés (1) (uniques ressources contre la famine et la nudité), et, en résultat définitif, le double de jouissances au point de vue particulier, et, au point de vue national, le double de force et de puissance. Je dis le *double*, en supposant que le bas prix des produits anglais provoque une baisse de salaire de moitié.

(1) Il y a, dit-on, en France, sept millions d'hectares de terrains incultes. Pourquoi sont-ils incultes ? Parce que la plupart de ceux qui les possèdent ne sont pas assez riches pour les faire cultiver. Diminuez le salaire de moitié, leur fortune doublera, et ils pourront les faire cultiver, c'est-à-dire qu'une pièce de cent sous leur en vaudra deux ; elle leur en vaudra deux, parce que, au lieu de faire mouvoir quatre hommes avec, ils en feront mouvoir huit, et alors, ils en mettront quatre, comme d'habitude, sur leurs terrains déjà cultivés, et quatre sur celui jusque-là non cultivé ; et l'abondance doublera, et bientôt la terre ne sera plus une vallée de larmes.

Malheureusement, il n'en sera pas ainsi, car, à mon avis, c'est tout au plus si le libre-échange pourra diminuer d'un dixième les objets nécessaires à la vie; je dis un dixième, mais c'est un chiffre idéal dont j'ai besoin pour faire comprendre ma pensée. Ainsi, si ce n'est que d'un dixième, comme je le suppose, ce n'est donc que d'un dixième qu'on pourra diminuer le salaire, comme ce n'est que d'un dixième qu'on pourra vider le camp du chômage, ou autrement élargir d'un dixième le camp du travail. Et pourtant, si nous comptons bien, d'après cette hypothèse, nous trouverons peut-être deux dixièmes de moins dans le camp du chômage; le premier dixième par le fait de la diminution d'un dixième du salaire des ouvriers en activité, et le second dixième sera le résultat de deux éléments principaux : le premier par le fait de l'économie chez le rentier, qui, lui, ne mettra pas une plus grande table parce que les objets nécessaires seront meilleur marché; je veux dire que celui qui a, je suppose, 1,000 fr. de rente, et qui les dépense pour vivre son année, il ne dépensera plus que 900 fr. quand le prix des subsistances aura, par le fait de la baisse des salaires, fruit du libre-échange, diminué d'un dixième, puisque, avec cette somme, il aura la même quantité de matière qu'avec celle de 1,000 fr. Ainsi, c'est donc un dixième de la dépense annuelle du riche qui rentrera dans les mains ouvrières par l'intermédiaire du banquier et des entrepreneurs anciens ou nouveaux; je dis nouveaux entrepreneurs, parce que, si le camp du travail s'élargit par le fait de la diminution du salaire, fruit de la baisse des subsistances, le camp des entrepreneurs s'élargira aussi, c'est-à-dire que tel qui aujourd'hui a une somme trop minime pour entreprendre, demain, quand tout sera diminué, il se trouvera que sa somme sera suffisante, et alors il entreprendra, et alors il visera aux grandes positions; c'est-à-dire que la vie de l'esprit se sera élargie en même temps que celle du corps : voilà pour le premier point. Le second est aussi facile à saisir : notre salaire se mettant, par le fait du libre-échange, de niveau avec celui de tous les pays de l'Europe, nous n'aurons plus cette nuée d'ouvriers étrangers qui, alléchée par un salaire supérieur, vient fondre chaque année sur la France, ouvriers qui, par leur soumission exemplaire qui sent le serf et plus, nous refoulent, nous, ouvriers français à l'allure déjà libre, dans le camp du chômage.

Ainsi donc, comme je le dis, si le libre-échange n'élargit directement notre camp du travail que d'un dixième, par contre-coup, il l'élargit de deux dixièmes si nous y joignons ces deux éléments : 1° l'économie du rentier; 2° l'éloignement naturel des ouvriers étrangers lorsque le salaire français ne les tentera plus.

On va peut-être dire : mais, qui peut assurer que les rentiers et autres à peu près semblables ne mettront pas une meilleure table, et qu'ils donneront le fruit de cette économie à de nouveaux ouvriers du camp du chômage pour élever de nouvelles fabriques et cultiver de nouvelles terres? Qui peut l'assurer? Eh bien! qu'on le demande à ces mots magiques : *ambition, orgueil, veau d'or*, puis on aura une opinion toute formée à ce sujet.

On nous dit, de plus, il ne faut point de libre échange entre la France et l'Angleterre. Pourquoi? parce que la force productive de l'Angleterre est plus grande que celle de la France. Je ne conçois vraiment pas un tel langage. C'est comme si l'on disait à un ouvrier qui gagne 50 sous de ne point s'associer avec tel autre qui gagnerait 5 francs. Car, enfin, qu'est-ce au fond que le libre échange? Rien autre que le mélange de la production des nations; et, certainement, ce n'est point celle qui produit le moins qui est lésée, mais bien celle qui produit le plus; attendu qu'elle échange une grande somme de matière contre une petite. — Ce sont là des notions élémentaires, que je demande pardon de rappeler ici; mais ce sont les adversaires de la liberté commerciale qui m'y forcent, tant il est vrai que les vérités les plus vulgaires sont celles qui s'oublient le plus facilement, celles dont on tient le moins de compte.

Je concevrais que l'on nous conseillât de ne point établir le libre échange avec les puissances du Nord seulement, j'entends les puissances continentales, puisque ce serait nous placer dans le cas dont je parlais tout-à-l'heure, de l'homme gagnant 5 francs à celui gagnant 50 sous, c'est-à-dire à moins forts que nous, parce que leur industrie est moins avancée que la nôtre. Mais prohiber l'échange avec cette vaste et puissante machine qui s'appelle l'Angleterre.... mais nous défendre de nous asseoir au festin auquel elle nous convie parcequ'elle y met plus que nous!.. c'est là, plus que de la folie, car il faut supposer que les nations sont moins intelligentes que les individus pour espérer leur faire goûter une telle doctrine.

En considérant donc la question sous cette seule face : le libre échange va nous inonder de ses produits; je dis, et bien haut : Soyons libres-échangistes.

Un autre argument qu'on nous oppose souvent est celui-ci : — « Voyez si la grande production est une condition de bonheur « pour les peuples! Regardez l'Angleterre, sa production est « énorme, et son peuple n'est-il pas le plus malheureux de la « terre? » — Eh! mon Dieu, à quoi cela tient-il? Je viens de le dire à l'instant : cela tient à ce qu'elle échange avec moins fort qu'elle; cela tient à ce qu'elle donne un plein navire de ses productions à qui ne peut lui en livrer on retour que plein une coquille de noix ou pour des pièces d'or ou d'argent, ce qui est encore moins, vu que ce n'est point avec des écus que l'on se nourrit, ni que l'on se vêtit. Tandis que si elle échangeait avec aussi fort qu'elle, avec une production utile, égale à la sienne; si on lui rendait navire pour navire de production utile ; en un mot, si elle consommait l'équivalent de sa production, le travailleur anglais vivrait aussi confortablement que le premier gentilhomme des trois royaumes. Mais il n'en peut être ainsi tant que les nations n'auront pas atteint le même degré industriel, et, comme les individus, les nations doivent s'élever l'une par l'autre. Il y a en dehors du mauvais vouloir des hommes, la volonté de Dieu qui a établi la solidarité et la fraternité entre les peuples, comme entre les individus : et s'il fut donné à la France de répandre spirituellement les cinq pains du Seigneur, il a été donné à l'Angleterre de les répandre matériellement ; et si la France s'est faite la martyre des idées, des principes, nourriture de l'âme et de l'esprit ; si, en un mot, elle se sacrifie à creuser les sillons, l'Angleterre, elle, est la martyre (1) qui doit les ensemencer. Ces deux nations ont chacune leur tâche : l'une ouvre le passage et prépare le champ ; l'autre y porte le grain qui doit repulluler ; et il n'est pas trop de deux nations pour le triomphe de Dieu sur la terre.

En me résumant, je dis donc que, de tout ce que je viens d'exposer, ces points divers resteront évidents :

Qu'il est visible, pour quiconque veut voir que l'abondance résultant du libre-échange n'est nullement contraire à l'intérêt national, puisque, loin de là, il doit aider et faciliter son développement industriel, et, partant, augmenter sa richesse et sa force ;

Qu'il est également visible que le libre-échange n'est pas non plus contraire à qui que ce soit, puisque, par suite de la diminution de salaire que provoquera l'abondance à bon marché dont il nous dotera, tel qui avait cinquante ouvriers en pourra employer cent au même prix, en d'autres termes, doubler sa richesse (non d'une manière fictive, mais réelle, car, à mesure qu'un arbre grandit, il porte plus d'ombre et couvre plus de gazon), en même temps qu'il donnera du travail à une portion de la société, qui, sans cette circonstance, que je qualifierai d'heureuse, resterait longtemps encore vouée à l'inactivité et à la misère.

Or, puisque le libre-échange ne doit léser ni le pays, ni personne, mais, au contraire, enrichir la patrie et les citoyens, nous devons être libres-échangistes.

Nous surtout, ouvriers, qui passons alternativement du camp du chômage au camp du travail, nous devons essentiellement viser à la destruction du premier. Ainsi, brisons, s'il est possible, cette digue qui retient les eaux nourricières qui doivent combler

(1) J'entends par martyre des nations, le sacrifice des prolétaires, soit dans les mines et usines, comme fait l'Angleterre, soit sur les champs de bataille comme l'a fait et le fera la France si le besoin est.

le bassin substantiel dont la vague, trop à l'aise aujourd'hui, nous prend et nous rejette à son gré sur la grève; prenons place au pied du drapeau libre-échangiste, puisque c'est là où nous devons prendre notre point d'appui pour renverser l'obstacle emprisonnant le fleuve qui doit nous alimenter.

Et disons du fond du cœur : Honneur aux libres-échangistes! honneur à ceux qui veulent l'affranchissement du prolétaire par l'agrandissement du camp du travail!

Honneur à ceux qui veulent, par l'extinction du camp du chômage, traduire les mots de classe inférieure et supérieure, d'ouvriers, d'esclaves et de maîtres, en celui d'amis! — Oui, amis; car il n'y a que celui qui se fera ami des ouvriers à qui les ouvriers donneront leurs bras.

Honneur à ceux qui veulent, par l'abolition du camp du chômage, rendre les hommes qui possèdent plus modestes dans leurs dépenses! Oui, plus modestes dans leurs dépenses; car il n'y a qu'à ceux qui procureront plus de jouissances aux travailleurs à qui les travailleurs donneront leurs bras.

Honneur à ceux qui veulent, par l'abolition du camp du chômage, faire triompher le génie! oui, triompher le génie! Car il n'y a que ceux qui allégeront, par des procédés quelconques, le travail des ouvriers qui auront des ouvriers. Aujourd'hui, quand un de ces géants de fer, qu'on appelle mécanique, apparaît, il provoque immédiatement, par des produits à bon marché, une baisse de salaire dans le camp du travail, de façon que le travailleur en activité a toujours la même peine pour vivre, vu qu'on lui diminue son salaire en raison du bas prix des objets nécessaires à la vie. Ainsi, ce grand producteur, que l'on appelle mécanique, ne fait donc aucun bien à l'ouvrier en activité. A qui fait-il donc du bien? A qui profite-t-il? Il fait du bien, il profite aux travailleurs inactifs, parce que, avec l'argent prélevé par le fait de la diminution du salaire des ouvriers en activité, on invite quelques hommes du camp du chômage à passer immédiatement au camp du travail. Mais, quand il n'y aura plus d'ouvriers inactifs, que tous seront au camp du travail, il n'en sera plus ainsi, attendu qu'une diminution de salaire ne sera plus nécessaire pour s'enrichir, puisqu'il n'y aura plus de producteurs humains à s'emparer par le fait de cette diminution; et alors, celui qui, à cette époque, enfantera un de ces géants producteurs, s'empressera d'en faire profiter les travailleurs, parce que ce n'est qu'à l'aide de cet appât qu'il pourra grandir, c'est-à-dire attirer à lui les ouvriers de ses confrères, partant leur clientèle et leur prépondérance sociale. De manière qu'à un temps donné par le fait de cette émulation, dont l'orgueil sera la base, les ouvriers seront tout-à-fait heureux, plus heureux que les maîtres, parce que ceux-ci travailleront jour et nuit à chercher des moyens, des procédés, pour élargir les jouissances des travailleurs, vu qu'il n'y aura que par là qu'ils pourront se les attacher, tandis que les ouvriers, eux, c'est-à-dire ceux qui ne seront point ambitieux, travailleront peu et vivront bien. C'est là, en un mot, que les premiers seront les derniers et que les derniers seront les premiers; autrement dire, c'est là que l'association du capital, du talent et du travail sera viable, et cela sans éteindre un instant cette vie de l'esprit, qui est l'ambition, l'orgueil, l'espérance, comme voudraient le faire les phalanstériens, qui, eux, dans leur association du capital, du talent et du travail, ne permettent à personne de monter, si ce n'est par l'élection, tant pis s'il y a plus d'hommes capables que de places, ils ne s'en occupent pas. Ceux-là seraient condamnés à mourir d'ennui et de dégoût. On parle de suicide; c'est là qu'il y en aurait. La vie (de l'esprit) n'est-elle pas plus que le corps, et le corps que le vêtement, a dit le Christ; pourquoi eux, qui se disent les continuateurs du Christ, veulent-ils l'opposé de cette sainte maxime? oui, pourquoi préfèrent-ils le vêtement au corps et le corps à l'esprit? oui, pourquoi (1)?

Ainsi, vive le libre-échange, puisqu'il doit accélérer notre marche vers ce but de félicité. C'est la loi du Christ, d'ailleurs; car il a dit de rendre à Dieu ce qui est à Dieu, et le libre-échange rendra à Dieu ce qui est à Dieu, c'est-à-dire qu'il donnera aux hommes et au sol la liberté de produire ce que Dieu les a chargés de produire.

Faut-il vouloir le libre-échange parce qu'il remet à Dieu sol et hommes, ce qui est de toute justice, parce que l'abondance en est le résultat? Faut-il vouloir le libre échange parce qu'il y a des peuples plus avancés en industrie que les autres, qui, par ce fait, peuvent aider les moins avancés à s'élever dans l'échelle industrielle en leur donnant des matières confectionnées qui, par leur bon marché, leur permettent de réduire le salaire de leurs ouvriers, et de pouvoir, par cela, en mettre une plus grande quantité à l'œuvre de l'industrie? Eh bien! oui... oui... cela suffit, car les peuples ne seront heureux que quand tous seront, chacun dans sa spécialité, de niveau dans l'échelle de la production. Et pourtant, ce n'est pas tout: il y a un point bien mieux marqué et bien plus près de nous que ceux qui précèdent, qui ne sont, pour ainsi dire, que moraux vu l'éloignement de leurs effets; ce point, qui nous convie au libre-échange de toute la force de son magnétisme, vu son contact quotidien, pour l'examiner avec quelque précision, il faut un instant examiner la composition de l'univers, si ce n'est complètement, du moins un peu. Je dirai

(1) Dans la troisième partie de ce travail, je traiterai cette question, et on y verra comme ils sont les continuateurs du Christ et comme ils veulent le bonheur du genre humain!

donc que l'univers est composé de matière solide et de fluide ou matière molle (mon langage n'est pas celui admis sans doute; mais, j'ai dit que j'habillerais la vérité avec ce que j'aurais)... Les matières solides sont les globes parsemés dans l'espace, que nous désignons sous les noms de terre, étoiles, lune, etc., etc., globes qui, par leur conformation et le mouvement qu'il a plu à Dieu de leur donner, enfantent des courants dans les parties molles de l'univers qui les avoisinent; ces courants étant le fruit d'ouverture dont la terre est transpercée en tous sens, forment des anneaux atmosphériques plus ou moins allongés, plus ou moins ronds, qui se croisent, qui s'entrelacent; et parmi ces anneaux, il y en a qui quelquefois se chargent dans leurs courses, à travers les entrailles de la terre, de miasmes délétères qui tuent les végétaux ou les animaux, même les deux ensemble, sur les contrées où ils passent, ou bien passent dans les couches souterraines à l'état d'ouragan où ils déterminent des commotions qu'on appelle tremblements de terre, qui engloutissent et détruisent toute une contrée; de même que, par leurs combats aériens, qu'on nomme tempêtes, ouragans, ils portent le ravage, la désolation et la misère sur leur route. Maintenant, est-il juste, est-il naturel, que la population d'une contrée ainsi ravagée traîne une vie de misère et de privation, quand la contrée, sa voisine, qui, elle, a eu la chance de ne point être visitée par le fléau destructeur, étouffe dans l'abondance, et cela pour donner à dix ou vingt individus de la localité dévastée la faculté de recouvrer autant d'argent, avec le peu qui leur reste après la catastrophe, qu'ils en auraient recouvré si le sinistre ne fut point venu leur en enlever? Vaut-il mieux que dix ou vingt individus fassent fortune et qu'un peuple entier marche nu et meurt de faim, ou s'il vaut mieux que dix ou vingt individus se ruinent et qu'un peuple entier soit couvert et ait l'estomac plein?

Voilà pourtant ce qui arrive cette année par le fait de la protection. Un fléau passe sur nous; il détruit, il ravage notre nourriture; fidèle à ce système de protection, un peuple entier se débat dans les étreintes de la faim pendant qu'une contrée, éloignée il est vrai, en regorge (l'Amérique), et qui serait devenue voisine si cette barrière n'eût pas existé; car le commerce est actif. Je dis que le commerce est actif, et je ne me trompe pas, car je suis convaincu que, s'il n'y avait pas eu cette barrière de la protection, des chargements de céréales de cette contrée, seraient venus se répandre sur nos marchés avant même que les masses ne connussent la réalité de leur récolte, et auraient, par cela, empêché les désordres et les incendies qui sont toujours plus intenses quand la récolte est mauvaise.

A la Bourgeoisie.

Ne jugez point la pensée ouvrière sur l'élocution hostile de certains journaux populaires et autres, ni sur les doctrines aussi insensées qu'absurdes qu'ils proclament chaque jour (proclamations dont le but n'est autre que de rendre à tout jamais le peuple impossible), car votre jugement serait une injustice.

Les ouvriers, du moins une grande partie, savent que si vos cheveux blanchissent, ce n'est point au sein de l'oisiveté et de l'orgie, comme les anciens seigneurs dont ces feuilles laissent échapper quelquefois des soupirs qui trahissent des regrets, mais bien au sein du travail; ils savent que, savants, c'est dans le laboratoire, en cherchant des agents subtils de production dont la mission est de faire baisser le prix des subsistances, partant du salaire (inutile de répéter que la baisse des salaires a pour but final de mettre un plus grand nombre de travailleurs en activité);

Que, négociants, ils blanchissent dans les affaires dont la concurrence vous fait la tâche rude.

Ils savent, en outre, que le bénéfice que vous prélevez sur leurs travaux est un mal nécessaire, et que ce n'est point pour être dissipé follement, mais bien pour agrandir le cercle de votre industrie, c'est-à-dire que ce bénéfice, prélevé par vous sur leur sueur, est pour aller chercher, dans le camp du chômage, où ils meurent de faim, quelques-uns de leurs malheureux frères pour les amener dans le camp du travail.

Ils savent encore que, s'il n'y avait pas ce rouage social que l'on appelle entrepreneur, qui leur enlève une partie de leur travail, ils vivraient mieux; mais qu'alors, vivant mieux, c'est-à-dire absorbant tout le fruit de leurs travaux, il ne resterait rien pour leurs frères du camp du chômage, et que ce camp resterait éternellement et toujours compacte sur la terre, tandis qu'il n'y a que par son extinction que la classe ouvrière peut arriver au bien-être.

De même qu'ils savent que vous ne le faites point par philanthropie ni par amour pour eux, mais par ordre de Dieu, qui se montre à vous, dans cette occasion, sous la forme de l'orgueil et de l'ambition; en un mot, que c'est pour vous enrichir; car ce n'est certainement qu'en donnant au travailleur sans ouvrage le fruit que vous prélevez sur ceux qui travaillent que vous pouvez rehausser votre fortune et votre prépondérance sociale. Aussi ne vous savent-ils aucun gré; aussi, n'est-ce point un hommage qu'ils vous rendent pour cette tactique forcée, mais une vérité qu'ils reconnaissent. Ceci est une des conséquences du règne de la liberté, *du faire comme on peut*. Vous voudriez ne point le faire que vous ne pourriez pas, parce que, si vous ne le faites, votre rival, votre voisin, votre parent le feront; et, s'ils sont aujourd'hui vos

égaux, demain ils seront plus que vous; s'ils sont aujourd'hui plus petits que vous, demain ils vous rejoindront, et, après-demain, ils vous dépasseront. Alors, l'un par l'autre, vous vous poussez dans cette voie salutaire, qui conduit à l'extinction du camp du chômage, pour lors au bonheur, à l'indépendance de la classe ouvrière.

Aux Ouvriers.

Le Christ, le prolétaire de Galilée, notre frère, a dit : « Je suis « la porte, quiconque entre par moi sera sauvé. » Moi, je vous dis : « Quiconque veut devenir citoyen de nom et de fait, et qui veut servir les peuples opprimés, doit se rallier à moi, c'est-à-dire reconnaître que, dans un pays comme le nôtre, où (pour me servir de l'expression des socialistes) l'industrie est livrée à la concurrence anarchique, où le veau d'or dresse ses autels (1), l'intérêt du travailleur est celui du bourgeois, comme celui du bourgeois est celui du travailleur. »

Sachez-le, ouvriers, ce n'est point en se faisant loup qu'on acquiert l'entrée de la bergerie, ni en menaçant de jeter bas la table, qu'on est appelé au banquet; et c'est cette hostilité, plus apparente que réelle, contre ce qui est, contre les conséquences de l'œuvre de nos pères, qui fait qu'on nous repousse, en même temps qu'elle est la cause de l'inertie de la bourgeoisie dans les affaires du monde. Ne voyez-vous pas que vous êtes le jouet du démon de l'esclavage dans cette occasion! Rappelez-vous donc ces paroles du Christ : « Quand le démon est sorti d'un homme, « il s'en va par des lieux arides pour y trouver du repos; mais, « n'en trouvant point, il vient pour rentrer dans son ancienne « demeure, et, la trouvant nettoyée et parée (1830), il s'en va « chercher sept autres esprits plus méchants que lui (la fourberie, le mensonge, l'astuce, en un mot, l'hypocrisie avec tous « ses adhérents), et, entrant dans cette maison, ils en font leur « demeure; et le dernier état de cet homme (de ce peuple) devient « pire que le premier. » Par ces Paroles, dis-je, vous devez reconnaître dans ces prôneurs d'organisation ce démon aux sept têtes, qui cherche à s'infiltrer goutte à goutte dans votre âme pour vous employer comme moyen de réussite dans son œuvre infernale. Reconnaissez donc vos amis et vos ennemis; pourchassez ces agents infernaux, qui viennent chaque jour, avec leur théorie, digne de planteur en jaquette, vous pousser à

(1) Le veau d'or ôte à ceux qui possèdent le plaisir du luxe, plaisir qui coûte toujours fort cher aux travailleurs, car ce sont eux qui le font de leurs mains et de leurs veilles, pour que d'autres, qui ne font rien, l'absorbent; et la concurrence et le veau d'or ne souffrent point que personne, quel que soit son degré social ou industriel, dorme sur ses deux oreilles.

la révolte afin de vous faire enchaîner dans la bagarre. Soyons donc les dignes soutiens des principes de 89. Aimons et voulons la liberté, ce Dieu de la terre, c'est-à-dire *le faire comme on peut*, avec la garantie à chacun de la jouissance de ses œuvres, qui est l'affranchissement du génie. Lions les pieds et les mains à tous ceux qui n'ont point la robe nuptiale, c'est-à-dire à ceux qui nous parlent d'association et d'organisation à la table même de *la liberté*. Ouvriers, mes frères, suivez le filon, vous verrez que l'association dans le travail manuel, telle que nous la proposent ces sectes impies, est le premier lien de l'esclave, et enfante, par suite, les coups de fouet pour ceux qui se vouent au travail, et donne aux fainéants et aux intrigants le pouvoir de les administrer. Repoussez ces sectaires qui parlent de la liberté pour la défigurer au point de la rendre odieuse, même aux opprimés, et qui, en rongeant l'arbre au cœur, se font les complices des bourreaux de tout un peuple. Mais, patience! patience! le jour du jugement approche, et ils seront jugés selon leurs œuvres.

Oui, ils seront jugés selon leurs œuvres, ceux-là qui font paraître la liberté plus hideuse que le démon de l'esclavage, distribuant ses soupes et ses coups de fouet.

Oui, ils seront jugés selon leurs œuvres, ceux-là qui crient au monde que la liberté est une marâtre qui fait mourir ses enfants de faim et de misère, parce que son jeune sein est encore trop exigu pour les désaltérer, et parce que, par la diminution du salaire, fruit de la concurrence dont elle est la mère, elle veut en donner une goutte à chacun, c'est-à-dire semer à mesure sur une plus grande étendue de terrain, et cela jusqu'à ce que le guéret humain soit complètement ensemencé.

Oui, ils seront jugés selon leurs œuvres, ceux-là qui, en s'allaitant à sa mamellle si jeune, cherchent à l'étouffer.

Oui, ils seront jugés selon leurs œuvres, ceux-là qui disent que la liberté ne pourra nourrir ses enfants parce qu'elle ne le peut alors qu'elle est au berceau; d'ailleurs, si cela était (tout prouve le contraire), elle ne ferait que ce que le démon de l'esclavage, leur maître, a fait; car lui a eu le temps (il est aussi vieux que le monde), de développer l'industrie humaine qui seule peut nourrir le monde. Et pourtant, malgré ses milliers d'années d'organisation, d'association de toutes sortes, il n'a pu donner pour langes à la liberté qu'un désert aride, pour s'allaiter que du sang, pour se réchauffer que des tortures. Et quand je dis à ceux qui veulent le restaurer par la ruse, comme d'autres l'ont voulu faire par la force, qu'ils seront jugés selon leurs œuvres, je dis vrai; car Dieu, le père de la nouvelle venue, va bientôt leur transmettre son arrêt par la bouche du peuple, son fidèle interprète.

Philanthropes, artistes, poètes, chansonniers, publicistes sincères, ne tergiversez plus, que le soleil se rallume et éclaire de nouveau la terre, vous êtes les aigles qui devaient se rassembler où est le corps, vous êtes les anges qui devaient sonner de la trompette, c'est à vous que j'en appelle ; vous pouvez ce que je ne puis ; vous avez à votre service la force matérielle et intellectuelle ; montrez au peuple, à ceux qui souffrent, soit sur la toile ou sur la scène, que leur bonheur matériel ne peut venir que par la liberté de faire comme on peut, c'est-à-dire par l'état social actuel développé non pas dans le sens d'organisation, mais de liberté, parce que le faire comme on peut est, je le répète, l'affranchissement du génie ; et le génie étant sans entraves enfantera *des ouvriers de fer*, dont la production à bon marché permettra la réduction du salaire dans le camp du travail, seul moyen de mettre en mouvement le camp du chômage ; faites-leur voir aussi que le jour où ils le comprendront sera le jour de leur avènement à la chose publique, comme il sera celui de la délivrance de tous les peuples, attendu que rois, bourgeois et prolétaires ne formeront plus qu'un groupe d'amis unis par un lien indissoluble, oui, indissoluble, car ce sera celui de l'intérêt ; et vous savez qu'il est écrit que, là où est notre trésor, là aussi est notre cœur. Et alors, ils marcheront ensemble, sans s'épier, au même but, c'est-à-dire à la délivrance des opprimés comme à l'arrangement du ménage national.

—

Avant, pendant et après la renaissance des peuples.

Despotes du nord, que les paroles du Dieu des chrétiens, qui suivent, vous servent d'enseignement ; sachez qu'elles se sont réalisées et qu'elles se réaliseront partout où besoin sera.

« Le royaume de Dieu (1) est semblable à un roi qui, voulant « faire les noces de son fils, envoya ses serviteurs pour appeler aux

(1) Le royaume de Dieu est la liberté, car il n'y a que l'être libre qui puisse obéir aux ordres divins, et les nations, comme les individus, pour qu'ils obéissent à Dieu, il faut qu'ils soient libres d'eux, c'est-à-dire libres de se socialiser suivant leurs goûts et leurs besoins qui sont alors les ordres de Dieu ; et, pour qu'ils puissent se socialiser suivant leurs goûts et leurs besoins, il faut que tous les hommes virils composant la nation coopèrent à la confection des lois (autrement à l'arrangement du ménage national), lois qui certainement auront toujours pour but de donner aux individus la garantie de la jouissance de leurs œuvres et la liberté de pourvoir à leurs besoins, selon leur capacité, en même temps que la répression immédiate de toutes menées qui auraient pour but de fausser ou de supplanter la volonté de la majorité érigée en loi.

« noces ceux qui étaient conviés, mais ils refusèrent d'y venir ; il « envoya encore d'autres serviteurs avec ordre, de sa part, de dire « aux conviés : J'ai préparé mon festin ; j'ai fait tuer mes bœufs et « tout ce que j'avais fait engraisser ; tout est prêt, venez aux « noces. Mais eux, ne s'en mettant point en peine, s'en allèrent, « l'un à sa maison des champs et l'autre à son trafic ; les autres se « saisirent de ses serviteurs et les tuèrent après leur avoir fait plu- « sieurs outrages (1). Le roi, l'ayant appris, en fut ému de co- « lère, et, ayant envoyé ses armées, il extermina ces meurtriers « et brûla leur ville (2). Alors, il dit à ses serviteurs : Le festin des « noces est tout prêt, mais ceux qui y étaient appelés n'en « étaient pas dignes. Allez-vous en donc dans les carrefours, et « appelez aux noces tous ceux que vous trouverez. Ses serviteurs, « s'en allant alors par les rues, assemblèrent tous ceux qu'ils trou- « vèrent, bons et mauvais, et la salle des noces fut remplie de « personnes qui se mirent à table. Le roi entra ensuite pour voir « ceux qui étaient à table, et ayant aperçu un homme qui n'avait « point de robe nuptiale, il lui dit : Mon ami, comment êtes-vous « entré ici sans avoir de robe nuptiale ? Et cet homme resta « muet (3). Alors, le roi dit à ses officiers : Liez-lui les pieds et « les mains, et jetez-le dans les ténèbres extérieures (4) ; c'est « là qu'il y aura des pleurs et des grincements de dents. »

Despotes du nord, le prince dont vous parle le Christ est le règne de la nature, c'est-à-dire le règne de la liberté, qui vous envoie ses serviteurs pour vous convier à son festin ; mais si vous faites la sourde oreille, et que vous ne vous rendiez point à son invitation, et que vous tuiez ses envoyés, il lancera sur vous son armée (les peuples) qui, à son tour, vous exterminera, et il appellera le peuple au festin, qui alors savourera les mets qui vous étaient dévolus par votre position, c'est-à-dire que le peuple vous brisera et prendra votre place.

Nobles seigneurs du nord, informez-vous de ces faits à vos nobles aînés de France, et ils vous diront qu'eux aussi ils refusèrent, et qu'ils n'ont point fait attention aux serviteurs du Dieu,

(1) Les serviteurs sont les premiers martyrs de la liberté. (*Massacres de la Gallicie.*)

(2) La ville brûlée est la destruction du despotisme jusque dans la personne du prince, qui personnifie ce principe, principe dont le but est de substituer l'homme à Dieu dans le gouvernement des hommes.

(3) Cet homme sans robe nuptiale représente ici ceux qui entrent avec la foule dans le règne de la liberté avec le dessein de la perdre, tels que les phalanstériens, communistes, etc., qui, par telle ou telle organisation, veulent gouverner l'homme à la place de Dieu qui les gouverne par les goûts et les besoins dont il les dote.

(4) Les officiers chargés de leur lier les pieds et les mains sont les poètes, les romanciers, les chansonniers, etc., qui, par leurs écrits, doivent les divulguer et les condamner au silence, même à approuver ce qu'ils voudraient détruire.

de la liberté, ce roi de la terre, qui venaient en son nom les convier aux noces; ils vous diront qu'eux aussi, ils les maltraitèrent.... mais ils vous diront aussi que ce prince de l'univers, ému de colère, déchaîna son armée contre eux, qui les extermina, *et brûla leur ville*, et aussi qu'il appela le peuple au festin, c'est-à-dire qu'il l'invita à s'emparer de leurs biens et de leur position.

Oppresseurs des peuples, ces paroles divines, et l'expérience, auront-elles le pouvoir de donner une nouvelle marche à votre conduite? c'est ce qu'il n'est pas permis d'espérer, et peut-être n'est-il déjà plus temps; car vous avez égorgé sans pitié les serviteurs du roi de la terre (la liberté), et déjà ce roi rassemble sans doute ses armées pour les envoyer contre vous. Malheur à vous, car vous savez qu'il est écrit que cette armée brûlera votre *ville*. Ne reconnaissez-vous pas, au tressaillement de tous les peuples que son tonnerre a descendu sur la terre les avertir de s'apprêter pour l'exécution, que la *ville* était condamnée.

Et vous, phalanstériens, communistes, etc., etc., qui entrez avec la foule dans la salle des noces, et qui vous mettez à table sans robe nuptiale, c'est-à-dire avec le dessein criminel de la renverser, vous savez que le peuple, ce roi de l'Evangile, doit y entrer et vous faire lier les pieds et les mains après vous avoir demandé ce que vous faites à cette table divine dont vous dénigrez les mets, et que, confus, ne sachant que répondre à cette interpellation, vous serez jetés dans les ténèbres extérieures, c'est-à-dire que la foule vous regardera comme des êtres malfaisants près desquels on ne peut approcher sans courir le risque d'être à l'instant affublé des mêmes symptômes répulsifs.

Le Philantrope et l'Égoïste.

Il était deux hommes, l'un philanthrope et l'autre égoïste, et, quoique étant d'un caractère différent, ces deux hommes se voyaient avec amitié, et la cordialité la plus sincère régnait dans leurs rapports journaliers. Un jour, ils s'en allèrent par les rues, bras dessus bras dessous, comme de bons amis qu'ils étaient, et, dans leurs excursions, ils rencontrèrent une troupe de gens mal mis, et ces gens se mirent à crier qu'ils avaient faim; et, à ce cri de détresse, notre philanthrope s'émut de pitié, et les larmes aux yeux, il plongea sa main dans sa poche, et tira une somme de 100 fr. qui y était et la leur donna; ils étaient vingt, ce qui leur fit à chacun 5 fr.; et, comme on peut le croire, il sortit de cette foule un cri de joie et de bénédiction accompagné de quelques mots peu sonores à l'adresse de son compagnon, qui, soit dans ses gestes ou sa physionomie, avait montré qu'il n'approuvait point cette largesse. Enfin, nos deux compagnons, l'un accablé de bénédiction et l'autre de malédiction, reprirent leurs pérégrinations, et, chemin faisant, ils se harcelèrent même sur la différence de leur caractère ; mais, arrivé au détour d'une rue, leur chicane cessa, car un groupe d'hommes, morne et abattu comme le précédent, marchait à leur rencontre, et lorsqu'il fut arrivé près d'eux, ce groupe, comme le précédent, fit entendre ce cri de détresse que donne la faim ; et le philanthrope de leur dire qu'il avait donné ce qu'il avait à d'autres malheureux comme eux fut son premier soin. Mais, pendant ce colloque peu avantageux pour ces malheureux qui avaient l'estomac vide, l'égoïste réfléchissait quel avantage il pourrait tirer de cette misère, et soudain fouille à sa poche (inutile de dire que ce mouvement transporta son compagnon au point qu'il l'embrassa) et en tire aussi une somme de 100 fr. dont il était porteur ; et, comme ils étaient vingt, il leur donna à chacun 5 fr., comme le philanthrope ; et alors, transportés de joie, ils allaient le bénir, il y en avait même qui se baissaient pour lui embrasser les pieds ; mais lui, s'en apercevant, leur crie : Restez debout, regardez-moi en face et fièrement, car je ne vous donne pas cet argent, je vous le prête, non pas parce que je désire vous être utile, bien loin de là : tel n'est pas mon caractère. — Je vous le prête parce que vous me le rendrez avec intérêt. — Ainsi, cet argent que je vous prête, pendant que vous allez le consommer vous travaillerez chacun dans votre état, et vous m'apporterez le fruit de votre labeur, car il m'appartient. Alors les vingt individus s'en allèrent droits et fiers chacun de son côté et se mirent à l'œuvre, et le surlendemain ils apportèrent le fruit de leur travail chez l'égoïste, qui s'en empara immédiatement, en leur disant de l'attendre quelques instants, qu'il allait le porter vendre ; et, lorsqu'il l'eut vendu avec un bénéfice de 20 francs, qu'il garda, il revint, et leur distribua de nouveau à chacun 5 francs, et il leur fit la même recommandation, et au bout de cinq jours l'égoïste avait fait un bénéfice de 100 francs. Et ce jour là son ami le philanthrope vint le voir pour aller se promener, comme ils le faisaient de temps en temps, et alors ils partirent comme d'habitude encore par les rues, en devisant, chacun à son point de vue, sur les affaires du monde ; et, chemin faisant, ils rencontrèrent encore un groupe de malheureux, le même auquel le philanthrope avait donné 100 francs, cinq jours auparavant, d'où sortirent des cris de détresse et d'espérance, en reconnaissant le philanthrope qui leur avait sauvé la vie, et alors ils l'entourèrent de tant d'amour et de reconnaissance, qu'il lui fut facile de reconnaître qu'ils attendaient une nouvelle aumône ; mais, ne le pouvant, le philanthrope, le cœur saignant, fut obligé de leur rappeler ce qu'il leur avait fait précédemment, et qu'il ne pouvait maintenant plus rien pour eux. Sur ce, l'égoïste pensa qu'il pouvait faire de ceux-ci ce qu'il avait fait des autres, c'est-à-dire ses tributaires; il fouilla à sa poche, et leur donna les 100 francs que les autres lui avaient gagné, en leur faisant la même recommandation qu'il avait faite aux précédents. Mais un jour ses ouvriers se présentèrent chez lui en lui disant : « Bourgeois, on nous a dit que vous étiez un égoïste, que vous vendiez notre ouvrage beaucoup plus cher que ce que vous nous donniez, et qu'alors vous faisiez un grand bénéfice sur nous, et ceci n'est pas bien du tout: vous vendez 126 francs ce que nous vous donnons pour 100 fr.; bien à vous de garder les 6 francs pour l'intérêt de votre argent, mais vous devriez au moins nous donner les 120 francs, ce qui nous ferait alors 1 franc de plus par jour. — *L'égoïste :* Qu'en feriez-vous de ces vingt sous de plus par jour? — *Les ouvriers :* Eh! parbleu, nous achèterions ce qui nous manque; car, avec la somme que vous nous donnez nous vivons, mais dans la misère, dans la pure misère, nous n'avons pas le quart de ce qui nous est nécessaire, nous manquons de bas, de chemises, de pantalons, etc., et avec ça, pas seulement pouvoir boire un demi-septier pour faire passer notre pain et nous donner un peu de force, un peu de courage, et avec ces vingt sous de plus par jour nous pourrions le faire. — *L'égoïste :* Qui vous a dit cela? — *Les ouvriers :* Eh! mon Dieu, les fouriers. — *L'égoïste :* Comment cela, les fouriers? — *Les ouvriers :* Oui, les fouriéristes, quoi! ils disent ce qui est vrai, et que nous avons parfaitement compris, que si nous étions associés avec vous, nous partagerions les bénéfices que vous faites sur notre travail, et que cela nous ferait vingt sous de plus à dépenser, avec lesquels nous aurions mieux ce qu'il nous faut. — *L'égoïste :* Alors, puisque vous obéissez aux fouriéristes, moi je vais vous obéir et vous remettre le bénéfice que j'ai fait sur vous depuis que je vous ai donné le premier argent afin de vous faire travailler. — *Un cri se fait entendre du dehors :* De l'ouvrage ou du pain! — *L'égoïste :* Qu'est-ce cela? — *Un ouvrier regardant par la fenêtre :* Parbleu, ce sont de pauvres ouvriers qui meurent de faim, et ils demandent de l'ouvrage ou du pain. — *L'egoïste :* Combien sont-ils? — *Le même ouvrier :* Ils sont au moins vingt. — *L'égoïste :* J'avais juste la somme nécessaire pour leur donner de l'ouvrage et du pain; mais comme vous la voulez pour la dépenser vous-mêmes, je ne pourrais pas la leur donner, à moins toutefois que vous ne renonciez à votre idée de partage, alors je pourrais la leur donner. — *Tous :* Mais, bourgeois, si c'est pour cela que vous gardiez tout le bénéfice de notre travail, gardez-le et donnez-le leur, car si nous étions à leur place, nous serions bien aise qu'on en fît autant pour nous. — *L'égoïste :* En ce cas, mes amis, en sortant, dites-leur d'entrer, et que j'ai de l'ouvrage et du pain à leur donner. »

Un ouvrier en s'en allant : C'est ça un égoïste ! mais c'est pas égoïste du tout ; un égoïste ! qu'est-ce que nous disent donc les phalanstériens ? Quand j'en rencontrerai un, je lui dirai deux mots à l'oreille. — *Un autre :* Qu'est-ce que tu lui diras ? — Je lui dirai que c'est un mal intentionné, car c'est nous qu'ils veulent rendre égoïstes envers nos frères du camp du chômage ; ils nous parlent de fraternité, et ils nous conseillent (indirectement) de demander une augmentation ou l'association, afin de pouvoir partager le bénéfice de l'entreprise. Drôle de fraternité, ma foi, qu'ils nous prêchent là ! tout pour soi, rien pour les autres ; car certainement il a raison, le bourgeois, s'il ne gardait pas le bénéfice et qu'il nous le donne, nous le mangerions, puisque nous n'en aurions pas seulement encore assez, et alors il n'y aurait jamais d'ouvrage pour ceux qui sont à rien faire, à moins qu'on en renvoie un qui travaille pour en prendre un autre qui ne travaille pas. — *Un autre :* Mais tu crois donc qu'il fait cela comme il le dit, le patron ? histoire d'occuper des ouvriers de plus ; mais, pas du tout, tu ne vois pas que c'est pure frime ça, et que ce n'est rien autre que pour s'enrichir. — *Le précédent :* Hé bien, raison de plus, nous sommes bien plus sûrs qu'il le fera ; qu'est-ce que ça nous fait, à nous, qu'il le fasse pour s'enrichir, pourvu qu'il le fasse. — *Un troisième :* Hé bien, j'aime encore mieux ça, moi, parce que s'il lui prenait fantaisie de nous reprocher de nous avoir été utile, nous pourrions lui répondre que nous ne lui savons aucune obligation, vu que, s'il nous a rendu service, ce n'était point pour nous rendre service, mais bien en vue de s'enrichir, et alors il n'aurait rien à répondre ; et quand je vous dis que j'aime mieux ça, c'est vrai, car j'aime pas l'aumône, moi, ça rend tout honteux ; et un homme qui vous donne pour vous rendre service, quand même on lui rendrait le double de ce qu'il vous a donné, il faut encore être aux petits soins auprès de lui, sans quoi il vous traite d'ingrat, et on a en quelque sorte perdu sa liberté morale. Vive la liberté morale et physique ! — *Un quatrième, d'un air grave et solennel :* Ceci, voyez-vous, mes frères, est cette fraternité sans fond et sans ombre que l'Evangile nous enseigne comme étant en Dieu lui-même, c'est-à-dire dans la nature des choses sorties de ses mains. Dieu est le père de l'orgueil, l'orgueil le père de l'égoïsme, et l'égoïsme le père de la fraternité ; point de fraternité s'il n'y a point d'égoïsme (1),

(1) L'aumône n'est pas de la fraternité, surtout de la part du riche, c'est une frustration ; je l'ai déjà dit ailleurs, il n'y a que le pauvre qui fasse de la fraternité lorsqu'il fait l'aumône, parce qu'il se prive d'autant qu'il a donné, mais le riche, lui, lorsqu'il fait l'aumône, fait-il un repas de moins ou met-il un plat de moins sur sa table ? Non, bien loin de là, puisqu'il crée, au contraire, souvent à cet effet des plaisirs qu'il appelle

point d'égoïsme s'il n'y a point d'orgueil, point d'orgueil s'il n'y a point de Dieu, c'est-à-dire que tout individu qui ne ressent point ces sensations n'appartient pas à Dieu, il est sous la tutelle de l'homme; en un mot, il n'est pas libre, il est esclave, et il ne peut ni s'élever, ni s'abaisser, ni s'améliorer, ni s'amoindrir. Tandis qu'au contraire tout individu libre, qui est alors sous la tutelle de Dieu, ressent toutes ces sensations, conductrices de l'humanité, ayant seules le pouvoir et le savoir de conduire le monde en de gras pâturages.

Position économique du monde, ou l'impuissance philanthropique.

Dans une île voisine du continent, il y avait deux philanthropes, M. B... et M. C...; qui, avec leur fortune, firent bâtir, aux deux extrémités de l'île, chacun un village. Ces deux villages pouvaient contenir, bien qu'à l'étroit, quatre cents familles : c'était l'effectif de la population de cette ile, jusque là nomade, et alors ils la convièrent à en prendre possession, c'est-à-dire deux cents familles dans chacun des villages.. Quand ce travail fut fait, que les deux cents familles furent installées chacune dans leur demeure respective, il restait à chacun de nos deux hommes une somme de 50,000 fr., une grange, un cellier, un magasin d'habillement, et autres objets nécessaires, le tout garni d'objets usuels équivalant à cette somme.

Après mûre réflexion, c'est-à-dire après avoir calculé la somme de matière utile qu'il fallait donner chaque jour à chacun pour

philanthropiques, plaisirs de circonstance qui l'excitent à la dépense. Eh bien! où prend-il ce qu'il dépense pour son particulier dans ces jours de fêtes philanthropiques et ce qu'il veut donner en aumône? dans sa caisse. Eh bien! ce qui est dans cette caisse n'est-il pas, par ordre de l'égoïsme, destiné à payer quelques journées de travail à de pauvres ouvriers employés dans les fabriques; s'il le donne en aumônes et en galas, il a donc frustré ces pères de famille auxquels cela était destiné par la force des choses, et qui auraient reproduit autant qu'ils auraient consommé, tandis que le mendiant absorbe et ne reproduit rien, et alors, par ce fait, devient à charge à tous ceux qui travaillent, en même temps qu'il mange souvent la portion de plus malheureux que lui. Celui qui vit d'aumônes, en un mot, est un individu qui tire au plat sans jamais y rien mettre. Belle philanthropie, ma foi, que celle qui consiste à détruire en un jour *la vie éternelle* de cent familles. Belle fraternité... que celle qui consiste à dire : nous voilà cent riches, nous avons à nous tous cent mille francs, et, pour faire de la philanthropie, nous allons dans une fête les consommer en futilité, c'est-à-dire en lumière, en musique, en parure, etc., etc., au lieu de les faire fructifier en les plaçant dans des fabriques, par l'intermédiaire de notre banquier, où ils seraient donnés à consommer en vêtements grossiers et en pain à des travailleurs. — O amour du lucre! ô envie des richesses! vous qu'on repousse des lèvres et qu'on adore du cœur, quand serez-vous assez intenses pour arrêter pareille prodigalité.

qu'il puisse exister, ils reconnurent que cette somme de matière correspondait à la somme de 3 fr.; alors ils convinrent donc de donner 3 fr. par jour à chaque ouvrier, vu qu'il fallait cette somme pour qu'un homme puisse se nourrir, se vêtir assez solidement pour remplir sa journée de travail, c'est-à-dire pour qu'il puisse avoir la force de produire une somme de matière équivalente à celle qu'il recevrait et absorberait pour cette somme de 3 fr.. Mais comment faire, dit l'un d'eux, M. B..., ceci est impossible, nous n'avons que 50,000 fr. chacun, et 3 fr. par jour font à peu près 1,000 fr. par an pour chaque homme, et comme nous en avons chacun deux cents, c'est 200,000 fr. qu'il nous faudrait à chacun? — J'ai pourvu à cela, dit M. C..., nous en prendrons d'abord cent, auxquels nous donnerons 3 fr. par jour pendant six mois, puis nous les mettrons au repos après ce laps de temps, autrement dire en chômage, et nous appellerons l'autre cent auquel nous donnerons également 3 fr. par jour pendant les six autres mois, c'est-à-dire les 50,000 fr. que les premiers nous auront naturellement rendus par l'acquisition de leur nécessaire qu'ils auront fait dans nos magasins pendant leurs six mois de travail, dont le fruit aura remplacé celui qu'ils en auront tiré, et *vice versâ*. — Mais comment vivront-ils pendant les six mois d'inaction postérieurs à leur six mois de travail, dit M. B...; ils s'étioleront et tomberont malades de faim et de misère pendant ces six mois d'inaction, car ils ne pourront pas s'économiser une obole, puisque vous dites vous-même qu'il faut 3 fr. pour vivre; puis il ne faut pas non plus qu'ils s'économisent : nous n'avons que cette somme d'argent, il faut qu'elle nous rentre intégralement si nous voulons pouvoir mettre les autres en travail; car s'ils s'économisent, qu'ils en gardent un peu, comme vous le prétendez, pour se subvenir tant bien que mal pendant leur six mois de chômage, il nous sera impossible de le faire, c'est-à-dire de mettre l'autre cent d'ouvriers en mouvement de travail? — Pardon, répond M. C..., ils pourront économiser, c'est-à-dire qu'ils pourront s'abstenir de tout dépenser, s'ils le veulent ou s'ils le peuvent, pendant leurs six mois de travail (ce que je désire de tout mon cœur, sans que cela nous gêne), attendu que nous ne donnerons pas la somme totale le jour que nous mettrons le second cent en mouvement de travail, et leur économie nous sera rentrée bien certainement pour les derniers payements. — Mon ami, dit M. B..., ceci n'est pas du positif, c'est une espérance, espérance que je ne partage pas complètement, car, vous le savez, il y a des hommes qui, comptant sur leur force et leur courage, pousseront l'économie jusqu'aux plus extrêmes limites, et qui se condamneront à des privations au-dessus de nature, et cela afin de garder, comme on le dit, une poire pour la soif, et alors cet argent qu'ils garderont devers eux nous fera certainement défaut pour payer les ouvriers qui seront en travail. — Mais j'ai aussi pourvu à cela, mon ami, répond M. C..., et voici comment : nous aurons une caisse qu'on appellera Caisse d'épargne, où chacun de ceux qui y déposeront leurs économies recevront une prime de trois ou quatre pour cent; et, comme vous pouvez le penser, ceux qui seront économes au point que vous le signalez, y mettront certainement le fruit de leur économie plutôt que de le garder chez eux, vu que chez eux leur somme ne grossira point, et que là elle grossira; puis nous ferons des sociétés en commandite, nous mettrons les actions à 20 fr., et ils verront fructifier leurs économies sous leurs yeux; puis leur camarade vivre en les faisant fructifier. — Tout ceci, dit M. B..., me paraît assez bien combiné, et je vois que le mécanisme peut fonctionner; mais je vois aussi que nous allons assister à un spectacle où la misère et les privations auront les premiers rôles, car ils n'auront en réalité que 500 fr. par an chacun, quoique nous leur donnions 3 francs par jour, c'est-à-dire sur le pied de 1,000 fr. — Que voulez-vous, mon cher, dit M. C..., contre la force il n'y a pas de résistance : ils feront comme ils pourront, et nous aussi; nous n'avons que 50,000 fr. d'argent, qui représentent les 50,000 fr. de matières utiles qui sont en notre pouvoir, nous ne pouvons donner plus, et l'on ne peut pas donner moins de 3 fr. par jour à un homme qui a souvent une famille à nourrir, attendu que la somme de matière qu'il recevra pour cette somme de 3 fr. n'est pas même suffisante, comme vous le savez. — C'est vrai, dit M. B...; c'est pour cela aussi que je vous dis que nous allons assister à un spectacle de misère et de privation, et que nous verrons se dérouler bien des souffrances. — Nous les consolerons de notre mieux, dit M. C...; nous ferons comme certain romancier et certains publicistes, nous presserons leurs plaies, au risque de leur faire pousser un cri, pour leur faire voir que nous les connaissons.

Ceci convenu, nos deux hommes se mirent en fonctions, et marchèrent, tant bien que mal, chacun dans leur commune.

De temps à autre ces deux hommes se voyaient et s'entretenaient de la misère profonde qui régnait autour d'eux, sans pouvoir y porter remède; mais un jour, pendant que l'un d'eux, M. B..., les yeux fixés sur un journal, qu'un de ses amis du continent lui avait envoyé, (ce journal parlait d'une grève qui avait pour but l'augmentation du salaire, grève qu'il (le journal) soutenait chaudement), M. C... arriva en se frottant les mains : « Bonne nouvelle, mon cher, bonne nouvelle! Voilà, en lui montrant une brochure intitulée *Vérité et Lumière*, voilà là dedans un moyen de doubler notre fortune et le bonheur de nos ouvriers. Ce moyen est si simple, que vous ne pourriez jamais le deviner; ce moyen consiste à diminuer le salaire des travailleurs : qui le croirait! et pourtant cela est, j'en suis aussi sûr que celui qui l'a écrit; et qui l'a écrit? vous ne pourriez jamais vous en douter : *un ouvrier*. — Comment, un ouvrier! dit M. B... ; mais je lis en ce moment dans le journal que les ouvriers font grève pour obtenir une augmentation dans leur salaire, augmentation soutenue et regardée comme absolument nécessaire, pour le bonheur de la classe ouvrière, par les plus lettrés de France et de Navarre (les journalistes, ceux qui forment les opinions qui conduisent les peuples). Allons donc! votre ouvrier est un fou qui sans doute a voulu faire contraste à la majorité, afin de se faire voir. — Non, mon cher, ce n'est pas un fou, répond M. C..., et la preuve, c'est que demain je vais appliquer son remède; hé bien, libre à vous, mon cher C... — Mais moi j'appliquerai le remède contraire, dit M. B..., celui vu et approuvé par la foule des travailleurs et par les hommes instruits; appliquez la diminution et moi l'augmentation, et nous verrons lequel des deux arrivera à bon port. — Mon cher B... ne faites pas cela : l'augmentation mène à la misère la plus profonde. — Allons donc! mais je crois que vous êtes fou aussi, mon cher C...—Mais veuillez permettre que je vous explique, M. B... — Veuillez me permettre, mon cher C..., de vous prier de vous abstenir et de ne point vous faire le défenseur d'une idée aussi absurde : diminuer le salaire pour faire le bonheur de l'ouvrier, quand il n'en a déjà pas assez! Encore une fois, c'est une absurdité révoltante; parlons d'autre chose, mais pas de cela.—Enfin vous n'en voulez pas à aucun prix, je le vois, M. B... ; mais quant à moi je vais en faire l'expérience.—Et moi l'expérience du contraire; car je vais faire annoncer aujourd'hui par tout le village qu'à partir de demain je vais augmenter le salaire de moitié. »

Cela dit, ils se quittèrent assez mal en apparence; mais au fond ils étaient fâchés de cet incident, et leurs cœurs, magnétiquement parlant, se renouaient à mesure qu'ils s'éloignaient.

M. B... fit ce qu'il avait dit : il fit annoncer à sa petite colonie qu'il allait augmenter le salaire, et la joie fut si grande parmi ses ouvriers, qu'ils en illuminèrent leur demeure et firent un feu de joie.

M. C..., de son côté, rassembla son monde et leur communiqua la résolution qu'il avait prise de réduire le salaire de ses travailleurs; alors, comme on peut s'en douter, un houra qui était capable de faire reculer le plus intrépide sortit de cette foule; mais M. C... tint tête à l'orage. Et quand l'agitation fut calmée, il reprit la parole et leur tint ce langage net et précis : « Mes enfants, chaque année vous vous nourrissez avec ce que contient cette grange, vous vous désaltérez avec ce que contient ce cellier, et vous vous couvrez avec ce que contient ce magasin : hé bien, cette année, comme les précédentes, vous absorberez tout, et pourtant je vais vous donner moitié moins d'argent par jour que je ne vous donnais. — Oui, mais, dirent plusieurs

« voix, nous allons travailler toute l'année, tandis que jusqu'à « présent nous nous sommes reposés six mois et avons travaillé « six mois. — C'est vrai, leur répond M. C... ; mais l'année « prochaine vous aurez deux granges pleines comme celle-ci, « deux celliers et deux magasins d'habillement ; et alors vous « aurez une fois plus à manger, une fois plus à boire et une « fois plus de quoi vous couvrir, et vous ne jeûnerez plus ni ne « marcherez plus nus » Alors un bravo général retentit d'un bout de la foule à l'autre, et le soir le village fut illuminé comme l'autre.

Un an plus tard, M. B... vint trouver à son tour M. C..., non pas d'un air joyeux, pour lui annoncer une bonne nouvelle, mais tout pénaud, tout consterné. M. C... le voyant ainsi tout décontenancé, abattu, lui dit, quoiqu'il s'en doutât : » Qu'avez-vous donc, mon cher B...?—Ah! mon ami, répondit-il, j'ai fait fausse route. Je ne sais vraiment comment je vais faire avec mon monde : on vient de rentrer la dernière gerbe et ma grange n'est qu'à moitié. — Comment cela? dit M. C..., qui n'était pas fâché de savoir comment il s'y était pris pour augmenter le salaire.—Vous le savez, quand nous nous sommes vus la dernière fois, il y a un an de cela, je lisais un journal qui m'annonçait une grève pour obtenir une augmentation de salaire, et qui la trouvait très juste, très légitime, parceque, disait-il, les ouvriers ne sont malheureux que parce qu'ils ne gagnent pas assez. Alors, confiant dans ce cri de la foule et dans la parole des lettrés du XIXe siècle, j'ai mis à exécution ce que la foule demandait et ce que les lettrés du journalisme commandaient comme étant le seul, l'unique remède contre la misère qui pèse sur la classe laborieuse ; alors j'augmentai le salaire de moitié tout d'une fois, afin de saisir instantanément ce bonheur, qu'ils disaient être le résultat de l'augmentation de la main-d'œuvre ; alors je m'assieds devant mon secrétaire qui contenait mes 50,000 fr. qui, comme vous le savez, est toute notre richesse ; alors je fais venir, non pas cent ouvriers comme les années précédentes, pour leur donner à chacun 500 fr., c'est-à-dire 3 fr. par jour pendant six mois de travail, comme les années précédentes, mais cinquante ouvriers seulement, et auxquels j'ai donné à chacun 500 fr., c'est-à-dire 6 fr. par jour pendant trois mois de travail. De cette façon, de trois mois en trois mois, je mettais les cinquante travailleurs à la chôme et j'en prenais cinquante nouveaux, de manière que, par ce moyen, mes hommes travaillaient tous trois mois et à raison de 2,000 fr. par an, car 500 fr. pour trois mois à chacun font bien 2,000 fr. par an ; mais, hélas! je m'aperçus bientôt que je m'étais fourvoyé, car, au lieu d'avoir cent hommes en travail, je n'en avais plus que cinquante. Il y avait les trois quarts de mes hommes à la chôme au lieu de la moitié, et ils étaient neuf mois en chômage au lieu de six. Jugez quel déficit cela devait opérer dans mes magasins de vivres; mais je ne pouvais reculer, l'impulsion était donnée : j'avais payé la première fournée de cette façon, il fallait que je payasse la seconde, puis après la seconde la troisième, et après la quatrième et dernière. Oh! mon ami, si vous saviez combien j'ai souffert dans le cours de cette année d'erreur! Cinquante ouvriers, voilà tout ce que j'ai pu mettre en mouvement de travail cette année, au lieu de cent comme les années précédentes! Ah! maudite augmentation de salaire! car c'est elle qui est cause de cela. Aussi, quand je passe dans les champs, mon cœur saigne de voir d'aussi beaux champs rester incultes faute de pouvoir mettre plus d'hommes en travail; d'aussi belles usines si pleines d'activité et de vie l'année dernière, et qui sont aujourd'hui fermées et en proie à la rouille qui les ronge, en même temps que des hommes tombent d'inanition sous le faix de l'inaction. Comme j'ai maudit ces hommes qui conseillent et poussent les croyants dans une fausse voie! Voyez, mon cher C..., ma position : me voilà deux cents ouvriers avec leur famille sur les bras; et qu'ai-je à leur donner pour les nourrir et les vêtir pendant l'année que nous abordons? juste la moitié moins que les années précédentes, et vous savez ce qu'ils souffraient déjà quand ma grange, mon cellier étaient pleins. Combien vont-ils souffrir maintenant que c'est à moitié! La tête me tourne, je ne sais plus où j'en suis vraiment; je ne sais que devenir, et maudit soit ces charlatans qui viennent avec des baumes dont la propriété est, disent-ils, efficace, et qui n'est autre qu'un poison qui vous tue si l'on a le malheur d'en faire usage. Aussi je n'en écoute plus un, quoi qu'il dise. Je ne sais pas comment je vais marcher maintenant; mais je ne veux plus de guide. Je vais aller à l'aventure : advienne ce que pourra. Mais vous, mon cher C..., que faites-vous bâtir, est-ce aussi un malheur que vous réparez? — Non, mon ami, c'est une nouvelle grange, un nouveau cellier et un nouveau magasin. — Comment! la bâtisse était si peu solide que vous êtes déjà obligé de refaire de nouveaux bâtiments pour serrer vos céréales? — Ce n'est pas cela tout à fait, mon ami, c'est parce qu'ils sont pleins et qu'il y en a encore autant dans les champs. — Comment! mais les autres années c'était tout au plus si vous les emplissiez. — Les autres années, oui, mais cette année, non; les autres années je mettais en mouvement de travail cent ouvriers... — Comme moi, je le sais, dit M. B... en l'interrompant, puisque nous étions aussi riches l'un que l'autre; et sans cette maudite augmentation de salaire, qui m'a mis dans une position à ne pouvoir en faire travailler que cinquante, mon grenier ne serait pas qu'à moitié comme il l'est. — Et cette année, poursuivit M. C..., j'en ai mis deux cents. — Tous vos deux cents ouvriers? répond M. B..... stupéfait. — Oui, mes deux cents ouvriers; et voilà pourquoi il me faut le double de bâtiments pour serrer ma récolte. — Mais comment avez-vous fait pour faire travailler vos deux cents ouvriers? vous n'étiez cependant pas plus riche que moi. — J'ai diminué le salaire de moitié (juste à l'opposé de moi, dit à part M. B...), et comme j'en occupais cent, j'ai pu en occuper deux cents; et comme vous le voyez, la récolte a doublé, et mes ouvriers, cette année, vont avoir le double de jouissance des années précédentes. — Et les miens le double de misère, disait tout bas M. B... O journalistes, qui prêchaient que l'augmentation du salaire fait le bonheur de la classe ouvrière, quand c'est au contraire la diminution, il faut que vous soyez bien amoureux de la popularité pour flatter ainsi l'erreur des masses en faisant naître chez eux des espérances factices qui les mènent au malheur au lieu de les mener au bonheur.

Le paupérisme, sa cause, et le moyen d'y remédier.

Ils en étaient là de leur conversation quand apparut M. K..., qui, lui aussi, avait de son côté monté une colonie sur le même plan que celles des précédents. « Eh bien! notre ami K..., dit M. C..., venez-vous nous apprendre quelque chose? — Oh! oui, bien des choses, répond M. K...; prêtez-moi toute votre attention un moment, et vous allez voir. Vous savez, mes bons amis, que je n'ai point voulu faire d'essai, moi, et que j'ai marché sans innovation aucune, *aucune, entendez bien*; je n'ai point voulu diminuer le salaire d'une obole, ni voulu l'augmenter, c'est-à-dire que j'ai laissé aller les choses à la volonté de Dieu, naturellement; mais, un jour que j'étais sur la grève, j'ai promené mes regards au loin sur la plaine liquide qui s'étendait devant moi, et il me sembla apercevoir un point noir à l'horizon; alors, je pris ma lunette d'approche et je distinguai des arbres, des buissons, etc., et je fus immédiatement convaincu que c'était une île. J'en parlai à mon monde, et aussitôt ils s'écrièrent d'une commune voix : Il faut y aller. Mais, je leur dis : Mes enfants, nous n'avons pas de vaisseau pour y aller.—Nous en ferons un, me répondirent-ils.—Mais, leur répondis-je, pour faire un vaisseau suffisamment solide pour cette traversée, il faut au moins six mois à cinquante hommes; et, comme vous n'êtes que cent hommes à travailler aux choses nécessaires à la vie, il n'en restera plus que cinquante, et vous serez également cent pour absorber leur produit; et, par cette raison, vous n'aurez plus à absorber que la moitié de ce que vous avez aujourd'hui, et aujourd'hui vous jeûnez déjà; jugez combien vous jeûnerez lorsque vous aurez moitié moins. — Enfin, dirent-ils, nous jeûnerons puisqu'il le faut, mais nous voulons un bateau et aller voir cette île. Alors j'ai donné 3 fr. par jour à chacun des cinquante hommes qui travaillaient aux choses utiles et 3 fr. par jour à chacun des cinquante qui travaillaient au bateau, et je donnais pour 3 fr. aux ouvriers des choses utiles la moitié de leur production, et l'autre moitié, pour 3 fr., aux ouvriers du bateau. Jugez, mes bons amis, quelle misère, quelle privation, ils subissaient, surtout dans leur période de chômage; car, avec une aussi maigre portion pendant leur temps de travail, ils ne pouvaient rien économiser pour leur temps de chômage. Ceci est poignant; eh bien! ce n'est rien en comparaison de ce qui se passa plus tard. (*M. B. et M. C. redoublent d'attention.*) Lorsque le bateau fut fait, nous nous embarquâmes et fîmes voile vers l'île. Après une journée de marche, nous arrivâmes et mîmes pied à terre; nous fûmes reçus par une population qui était littéralement nue, et qui vivait de la vie de sauvage. Enfin, nous entrâmes en pleine terre et nous nous assîmes pour prendre un peu de repos et faire collation. Quand nous eûmes fini, un cri perçant comme le sifflement d'un serpent sortit du milieu de nous; j'examine d'où partait ce cri; je vois un des nôtres les yeux fixés à terre, et je vais lui demander ce qu'il avait; il me répond, les yeux hagards; rien, rien, j'y reviendrai seul, une mine d'or (il était fou).

Je regardai ce sable mouvant sur lequel il tenait ses yeux attachés et je reconnus qu'effectivement c'était la naissance d'un filon de ce minerai précieux. — Alors tous s'écrièrent : de l'or, de l'or, oh! il nous en faut. — Comment, vous en voulez, leur dis-je? — Oui, oui! nous en voulons, répondirent-ils? — Mais sachez donc, mes amis, leur dis-je, que pour extraire une pièce de vingt francs par jour de ce minerai, il faut au moins sept hommes; et une pièce de vingt francs, qu'est-ce que c'est? nous sommes deux cents, vous le savez, c'est donc sept hommes, à peu près, qu'il nous va falloir nourrir pendant deux cents jours pour en avoir chacun une, et à quoi cela nous servira-t-il puisqu'il n'y aura point de matières utiles équivalentes à cette somme. — Cela nous est égal? il nous faut de l'or, répondirent-ils, et pas une pièce, mais quatre; et ce n'est pas sept hommes qu'il faut y mettre, mais vingt-huit. — Mais comment, leur dis-je, vous savez qu'il n'y a plus que cinquante hommes qui travaillent aux choses utiles, vu que j'ai été obligé d'en détacher cinquante pour la construction des navires, et qu'avec le fruit de ces cinquante travailleurs, vous ne pouvez manger que le quart de votre suffisance, comment ferez vous lorsque vous serez vingt-huit de plus pour consommer cette maigre production. Songez-y bien, la faim et le froid vous décimeront. — Cela nous est égal, répondirent-ils, nous ferons comme nous pourrons, mais ils nous faut de l'or. Alors je fus obligé de mettre vingt-huit indigènes à la mine d'or. Jugez maintenant quelle misère il résultait d'un tel état de chose, cinquante hommes travaillaient pour cent vingt-huit, et s'il était possible que ces cent vingt-huit hommes pussent mettre quelque chose de côté pour vivre quand je les mettais en chômage pour prendre l'autre cent; car vous le savez, j'avais comme vous deux cents hommes, et je ne pouvais en mettre qu'un cent en mouvement à la fois, vu que ma fortune primitive était comme la vôtre de cinquante mille francs en écus, qui représentaient les cinquantes mille francs en matières utiles que j'avais en magasin. Ainsi vous voyez mes amis, quelle misère, quelle privation pesait sur eux; un producteur m'apportait sa production d'un jour pour laquelle je lui donnais trois francs, et sitôt dans mes mains je ne pouvais plus lui donner que le tiers de cette production, lorsqu'il me rapportait les trois francs que je lui avais donné en échange, vu qu'il me fallait coter neuf francs cette somme de production, pour qu'il me reste les deux autres tiers pour ceux qui travaillaient à faire les bateaux, à transporter et à emballer les marchandises ainsi qu'à ceux qui extrayaient et convertissaient en pièce roulante, l'or de la mine.

Ainsi, comme vous voyez, tout ceci est navrant, n'est-ce pas? eh bien! ce n'est rien encore, vous allez voir. D'abord le mercantilisme s'en mêla, ceux qui étaient chargés de transporter les matières utiles aux extracteurs d'or, se firent marchands; alors ils s'arrangèrent de la même façon que moi, ils achetèrent le produit des cinquante travailleurs aux choses utiles, et payèrent, comme je le faisais, à raison de 3 francs chacun, leur produit d'une journée de travail; et ils élevaient à 9 francs le prix du produit d'une journée de travail pour laquelle ils donnaient 3 francs, comme je l'avais fait moi-même jusque-là; et cela, afin de ne donner qu'un tiers de la production au producteur réel quand il viendrait rapporter les 3 francs qu'il avait reçu pour prix de sa production, et que les deux autres tiers leur restent pour les donner aux constructeurs de navires, aux charretiers, aux cordeliers et aux extracteurs d'or. Mais un jour, ils dirent à ces derniers, (aux extracteurs de numéraire), qu'ils voulaient bien continuer à leur fournir la modeste somme de matières qu'ils leur fournissaient déjà depuis longtemps, mais qu'il leur fallait désormais, non pas 4 pièces de 20 francs comme d'habitude, mais six, attendu, disaient-ils, que ce n'était pas trop de six pièces de monnaie pour les récompenser de la peine qu'ils prenaient dans le transport des marchandises, vu qu'ils étaient six et que cela ne leur faisait que chacun une. Alors au bout d'une année de ce travail convenu, les marchands avaient chacun 365 pièces d'or en poche. A cette même époque les mineurs trouvèrent une mauvaise veine, leur filon de minerai était devenu tellement ingrat qu'il leur fut impossible pendant trois jours de tirer une seule pièce d'or. — Ils étaient donc en retard de 18 pièces d'or, c'est-à-dire, qu'ils devaient aux marchands 18 pièces de ce métal, vu qu'ils leur avaient consommé trois navires de produits utiles; alors les marchands ne voyant plus leur récompense venir, leur dirent : vous nous devez 18 pièces d'or, c'est-à-dire, le prix de 3 navires de matières utiles, nous allons vous en envoyer encore un, mais songez-y bien, — tâchez, pendant que vous allez le consommer, de tirer au moins six pièces d'or, pour payer le premier, nous allons vous laisser une barque et nous ne vous enverrons d'autre subsistance que quand vous nous aurez envoyé les six pièces d'or convenues; vous nous devez trois bateaux de marchandises, et c'est assez. — Les malheureux mineurs étaient tout déconcertés d'un pareil arrangement; enfin, ils redoublèrent de zèle et le filon devint plus généreux, mais malgré leur zèle et la générosité du filon, ils ne purent cependant tirer que 3 pièces d'or par jour; ils étaient donc obligés de faire durer leur bateau de vivre deux jours, et ils jeûnaient déjà beaucoup quand ils le consommaient en un jour, jugez à quelle misère ils étaient réduits; cela dura un an sur ce pied. Alors nos marchands n'envoyant dans une année que 180 bateaux de produits au lieu de 365, leur magasin s'était empli à tel point qu'ils furent obligés de mettre les producteurs en chômage en attendant qu'ils fussent un peu déblayés.

Alors comme vous pouvez le penser, la misère autour d'eux fut extrême, parce qu'en définitive, il n'y avait même plus cinquante ouvriers producteurs d'un bout de l'année à l'autre, mais vingt cinq seulement, vu qu'ils étaient arrêtés ça et là, c'est-à-dire, qu'ils avaient six mois de chômage par an, faute d'un débouché suffisamment lucratif. — Vous croyez peut-être que là s'arrêta la marche ascendante de la misère? eh bien non! — Ayant de l'argent dans leur poche et de la marchandise en magasin, nos marchands ne voyaient pas la misère à leur pieds, ils devinrent alors coquets, luxurieux, et, avec l'argent qu'ils possédaient et celui qu'ils recevaient chaque jour des extracteurs de cette matière, ils prirent chacun deux domestiques pour les servir dans leur moindre besoins, c'est-à-dire douze hommes; puis, sans s'inquiéter si la nourriture du corps éta t suffisante pour tous, ils voulurent pour eux la nourriture de l'âme. A cet effet, ils appelèrent simultanément six hommes pour faire de la sculpture afin de leur faire des appartements splendides, six pour faire des instruments de musique, six pour composer et exécuter la musique, six pour faire de la peinture, des tableaux, etc., six pour faire des bijoux, six pour faire des voitures pour aller se promener, une douzaine de publicistes, romanciers, etc.; puis pour faciliter le transport des marchandises, ils en prirent dix pour faire à cet effet des routes, des canaux, des ponts; puis, cinq pour encaisser les rivières, cinq *pour démolir prématurément* le village afin de le reconstruire sur un autre plan, puis, cinq pour élever des monuments de toutes sortes. Ainsi comme vous voyez, voilà encore quatre-vingt cinq hommes de plus appelés au partage du produit des vingt-cinq, de manière qu'ils étaient, y compris les extracteurs d'or, près de deux cents cinquante pour absorber la production de vingt-cinq, et comme on peut l'entrevoir, cet état de chose tout en engendrant du travail, n'engendrait pas de produits, et devait naturellement augmenter la misère des travailleurs en activité, puisqu'à mesure qu'ils avançaient ils étaient toujours plus à partager la production réelle; et, pour comble de malheur, cette misère intolérable engendra des voleurs (même de territoire) qui amenèrent à leur suite de nouveaux parasites, car il fallut une force armée pour les réprimer; alors ils appelèrent dix hommes à cet effet qui furent de même encore admis au partage, sans compter tout ce qu'ils brûlaient et pillaient lors de leurs combats. Ils appelèrent aussi des magistrats pour connaître et juger les délits, des médecins pour guérir les blessés et autres; et toujours avec l'or qu'ils recevaient des extracteurs de cette matière, de manière qu'à mesure que l'or arrivait, le travail prenait, comme vous voyez, de l'extention, sans pour cela donner plus de production. La misère et la faim minaient les travailleurs de la production directe comme ceux de la production indirecte, ceci se conçoit du reste, ils n'avaient que le dixième au plus de la production d'un homme à consommer chacun, et encore ne l'avaient-ils pas tout, car dans la quantité il y en avait qui, à des degrés différents, c'est-à-dire, selon leur talent et leur position, s'appropriaient plusieurs dixièmes, de façon qu'une certaine couche de la société n'avait plus pour chacun de ses membres, que le trentième et même le quarantième de la production d'un travailleur à consommer. Aussi quelle misère, quelle souffrance, régnait parmi cette classe : la faim, la nudité, était son seul partage; et le paupérisme, cette affreuse plaie, s'était, comme un vautour, abattu sur elle pour lui déchirer miette à miette jusqu'aux entrailles.

Mais il y eut rupture dans la société des marchands, attendu qu'ils ne trouvaient pas que ce fut assez de trois pièces de vingt francs, par jour, à six qu'ils étaient; leur fortune fictive n'avançait pas assez vite pour leur ambition.

Alors étant en deux camps, ils marchèrent à l'envie l'un de l'autre, c'est-à-dire à qui grossirait plus vite sa fortune fictive. Mais quel moyen employer pour obtenir plus d'or? Il n'y en avait qu'un, c'était de mettre plus de monde en mouvement dans ces carrières d'or. Mais pour mettre du monde de plus en mouvement à cet effet, il fallait plus de matières utiles, et pour qu'ils leur restât le plus d'or possible dans les mains, il fallait aussi que ces matières leur coûtassent le moins cher possible; alors, à cette fin, ils inventèrent des machines productives qui leur donnèrent des masses de matières, à l'aide desquelles ils mirent des extracteurs d'or en mouvement, de manière qu'ils marchèrent au pas de course à l'élévation de leur fortune fictive, c'est-à-dire qu'ils devinrent possesseurs de millions en espèces, sans pour cela que les travailleurs de leur pays ayent une bouchée de pain, ni un vêtement de plus.

Mais c'est une misère intolérable; vous avez pu assister à un tel spectacle M. K...., dirent MM. B.... et C....? — Attendez, répond M. K...., vous savez que je vous ai dit qu'il y avait eu rupture dans la compagnie marchande, eh bien! cela engendra une concurrence effrénée auprès des extracteurs d'or, de façon que la prime que recevaient nos marchands sur leurs produits était devenu si minime qu'ils renoncèrent, pour ainsi dire, à leur porter des matières utiles et aussi parce que les extracteurs d'or, fatigués de la vie précaire que leur faisaient nos marchands, par le peu de subsistance qu'ils pouvaient leur donner en échange de l'or qu'ils exigeaient, détachèrent quelques-uns d'entr'eux à la culture des terres et à la fabrication des objets nécessaires à la vie, et métamorphosant en plaine fertile leur pays jusque la inculte, ils prirent de moins en moins facilement ce que leur expédiaient nos marchands. Si bien qu'habitués à emporter les matières utiles de leur pays et à y rapporter de l'or, nos marchands furent tous consternés lorsqu'ils virent leur vaisseaux revenir comme ils étaient partis. Et alors, voyant qu'ils ne pouvaient plus grossir leur fortune par des milions en espèces, ils voulurent la grossir en réalité, et une réaction s'en suivit, (le libre échange). Ce terrain étant devenu trop éxigü pour une concurrence aussi active ils se replièrent sur eux-mêmes, ils brisèrent les barrières qui séparaient leur cercles industriels, ils perfectionnèrent à qui mieux mieux leurs instruments de travail à l'effet de s'entr'arracher leurs capitaux par le bon marché des produits qu'ils livraient à la consommation, et réduisant le salaire des ouvriers en activité en raison du bas prix des produits, ils élargirent les uns et les autres, en raison de leur génie, le cercle de leur industrie, par la mise en œuvre du camp du chômage avec le fruit de cette réduction; puis ils devinrent sobre d'ouvriers indirects et réduisirent un à un leurs ouvriers de luxe, qu'ils transplantèrent dans le champ de la production utile; et à cet effet ils réduisirent à néant bien des impôts qui servaient à entretenir des ouvriers de cette catégorie. Exemple, entre mille : un cercle, que l'on nomme France, avait un impôt très fort sur une denrée qu'on nomme sel, ce cercle était inférieur aux autres cercles sous le rapport agricole, et chaque année ses voisins lui enlevaient de son capital, une somme assez ronde, au moyen de la supériorité de leur bétail, et ne pouvant en cette occasion riposter à l'abondance par l'abondance, ils étaient consternés. Mais un jour, par un hazard providentiel, ils s'apperçurent que le sel répandu dans les champs et dans la nourriture des animaux, était une puissante machine de production agricole. Alors de lever l'impôt qui pesait sur cette denrée fut leur premier soin, et prenant immédiatement rang parmi les cercles les plus agricoles, ils purent répondre à l'abondance par l'abondance, ce dont les travailleurs des autres cercles ne furent pas fâchés, car ils murmuraient tout bas en voyant leurs bestiaux s'en aller nourrir d'autres hommes que ceux qui les avaient soignés.

Aussi, par le fait de cette crainte qu'on leur enlevât leurs capitaux, et par l'envie d'enlever ceux des autres, les cercles s'abstinrent de tous travaux qui n'avaient pas pour but la production, et allégèrent autant qu'il était en eux leurs frais accessoires. Chaque cercle congédia ses douaniers, réduisit ses gardes, attendu que c'était autant de frais qui élevaient le prix de revient des produits. En un mot, ils supprimèrent un à un tous les frais intérieurs qui rehaussaient inutilement le prix de revient des matières, et voici comment ils furent entraînés les uns par les autres dans cette opération : lorsqu'un cercle opère une telle suppression dans le but d'envahir de ses produits à bon marché, les autres cercles, afin de leur arracher leur capitaux ; ceux-ci, dans le but de repousser cette invasion, opéraient immédiatement par le même moyen, de manière qu'à un jour donné il n'y eût plus de ces frais, qui, pour entretenir quelques ouvriers indirects, rehaussaient comme à plaisir le prix des objets.

Aussi il faut voir l'abondance maintenant, elle est à son comble, tout le monde, depuis le plus chétif ouvrier, jusqu'au plus fort, vit confortablement ; tout le monde est gai et joyeux, il y a peut-être cent fois plus de production qu'il n'y en avait avant cette réaction, et qui plus est, on ne peut prévoir où s'arrêtera cette abondance, car les chefs de fabriques continuent leurs guerres, ils jouent à ce qu'ils disent à s'enfoncer, ils inventent maintenant des machines productives, non pas dans le but de pouvoir diminuer le salaire vu que cette diminution serait inutile, puisqu'il n'y a plus d'ouvriers en chômage à mettre en mouvement, mais pour tâcher de produire en plus grande quantité, afin que les travailleurs puissent en avoir davantage à consommer pour le prix qu'ils reçoivent, parceque, disent-ils, il n'y a que ce moyen là pour arracher les ouvriers à ses rivaux, pour lors s'élever en les abaissant.

Mais comment, dit M. C..., un patron peut-il s'élever en

abaissant ses confrères et donner plus de jouissance aux travailleurs? Je vous avoue que je ne vois pas cela bien net, car un patron ne produit qu'une spécialité,—Voici comment, dit M. K....: supposez un patron ayant cent ouvriers et les payant 100 francs pour leurs journées de travail, c'est-à-dire, chacun 1 franc, et que ces cent ouvriers lui fassent cent mètres de drap ; c'est donc 1 franc le mètre qu'il faut qu'il le vendent? Et si au moyen d'une mécanique, qu'il invente, ses ouvriers lui en font 200 mètres, c'est donc à 50 centimes le mètre qu'ils lui reviennent. Alors les livrant à la consommation, à ce prix de 50 centimes, il attire à lui les capitaux de tout les points du territoire qui étaient destinés aussi bien à ses confrères qu'à lui, et ayant les capitaux, il augmente ses usines en raison de ses capitaux, c'est-à-dire, qu'il prend avec cet argent, rentré dans ses mains, les ouvriers que ses confrères ne peuvent plus reprendre vu que les capitaux qui devaient leur rentrer en vidant leur magasin ne leur sont pas rentrés puisqu'ils sont venus chez lui, attirés par le bas prix de ses produits; et les ouvriers consommateurs ont deux mètres de drap au lieu d'un; pour lors, le double de jouissance. — Et le patron s'est élevé dans l'échelle sociale puisqu'à l'aide de cet appât réel, il a attiré à lui le capital qui était dans les mains des consommateurs, capital qui alors lui donne la faculté d'élargir son industrie.

Mais s'ils en ont assez d'un mètre pour se couvrir confortablement, à quoi leur sert de pouvoir en avoir deux mètres, dit M. C....— S'ils en ont assez d'un mètre, répond M. K.... Eh bien! au lieu de travailler une journée entière pour 1 franc ils ne travaillent qu'une demie journée pour 50 centimes; puis ils vont se promener pendant l'autre demi-journée, ou bien ils travaillent huit jours pleins; puis ils se reposent huit jours, ou bien encore il y en a qui travaillent un an tout entier; puis l'année d'ensuite ils voyagent, etc. — Mais à ce compte, dit M. C...., je vois que si le génie inventif ne s'arrête pas, les travailleurs auront tout à loisir et avec très peu de travail; et cependant le christ a dit : vous aurez toujours des pauvres parmi vous. — Mais il a dit aussi, répond M. K..., cherchez premièrement le royaume de Dieu, et vous aurez tout par surcroît, et s'il a dit que nous aurions toujours des pauvres parmi nous, il a dit vrai, car la science industrielle du monde n'ira jamais jusqu'au point de se passer complètement de la main de l'homme; et alors il faut qu'il y ait toujours parmi nous des non-possesseurs qui ne peuvent avoir ce tout par surcroît que moyennant un travail un peu plus ou moins long, c'est-à-dire, selon le chiffre qu'il leur plaît de mettre à leur dépense, et c'est, si minime qu'il soit, ce travail obligé qui fait la vie de cette couche sociale, comme l'ambition, l'orgueil, fait la vie des possesseurs. — Comment se fait-il, dit M. C..., que les possesseurs ne se coalisent pas afin de faire cesser cette lutte si fatigante? — Il y en a bien, répond M. K...., qui font des propositions de cette nature, c'est-à-dire, dans le but de fermer l'arène aux nouveaux combattants. Mais les non-possesseurs qui savent que de cette lutte sort l'abondance dont ils jouissent ayant la majorité au parlement, les repoussent immédiatement en les qualifiant de lois fénéantes. — Comment, dit M. C..., je croyais que l'on avait dit que les non-possesseurs ne seraient jamais aptes à la confection des lois. — C'est vrai, répond M. K...., on a dit cela, on a dit que leur incapacité serait éternelle à cet effet; mais on s'est trompé, car les non-possesseurs sont les conservateurs naturels du principe de liberté, et ceux-là même qui les avaient condamnés, ont été les premiers à reconnaître la nécessité de leur intervention dans les affaires publiques pour le triomphe du *laisser faire, laisser passer,* dont ils étaient promoteurs.

Ainsi donc, le paupérisme, comme on peut le voir, a trois éléments de vie successifs : 1° l'insuffisance des produits; 2° le parasitisme et le camp du chômage; 3° l'accroissement du capital social, c'est-à-dire, que le paupérisme est engendré par l'insuffisance des produits, et que l'insuffisance des produits l'est par le parasitisme et le camp du chômage, et que ceux-ci le sont par l'accroissement du capital social et par la donation de tout le numéraire, au camp du travail, ce qui nous dit que la racine primitive, la racine fondamentale de la pauvreté, est la donation de tout le numéraire, au camp du travail, et l'accroissement du trésor général.

Fortune fictive qui consiste à posséder des millions et à grossir le prix des objets usuels au lieu de grossir et multiplier ces objets; comme si un homme n'était pas réellement plus riche lorsqu'il possède deux chemises cotées 10 francs, que s'il n'en possède qu'une, fut-elle cotée cent mille francs; comme si une nation (ou le monde), n'était pas réellement plus riche s'il possédait une fois plus de matières utiles qu'il n'en a quand même il aurait dix fois moins de capital.

Ainsi le but d'une société savante, d'une société réfléchie, d'une société qui sait discerner le réel du fictif, qui veut en un mot tuer le paupérisme, doit donc être de travailler à élargir sa production réelle au lieu de travailler à élargir matériellement son capital social. *Le christ a dit : on ne peut servir Dieu et l'argent,* et c'est vrai (1), car la société humaine ne peut élargir matériellement son trésor qu'en retrécissant sa production réelle,

(1) Le monde, en général, ne doit point travailler à l'augmentation de son numéraire; et, pour que le monde, en général, ne travaille point à l'augmentation de son numéraire, il faut que les individus travaillent avec l'intention d'augmenter le leur en particulier.

qui, alors, accroît son paupérisme (par la mise en chômage de ses producteurs); et je vais tacher de le prouver encore aussi clairement qu'il m'est donné de le faire. A cet effet, je vais supposer un chiffre de producteurs? je suppose sur la surface du globe 200 millions de producteurs, (je dis le globe parceque on ne peut dans cette circonstance parler d'une nation seule, vu que par le fait du commerce et des besoins, tous les produits de touts les peuples s'enchaînent et forment un tout compacte); ainsi dis-je, 200 millions de producteurs au prix de 2 francs par jour, chacun, vous fait au bout de l'année la somme de 146 milliards, à peu près; ainsi la somme de matière qu'ils vous auront produit pendant ce laps de temps vous aura donc coûté 146 milliards; maintenant si vous voulez seulement 8 pour cent de bénéfice sur cette production, ce sera une somme de 157 milliards qu'il vous faudra trouver. Ce ne sont pas les producteurs qui pourront vous la donner, puisqu'ils n'auront reçu pour prix de cette production que la somme de 146 milliards: ils ne peuvent rapporter que cette somme; eh bien ! où donc trouver cette somme de 11 milliards (1) que vous tenez à avoir en plus, et dont vous tenez dans vos magasins l'équivalent en matières utiles; assurément ce ne peut être que de l'argent nouveau-né qui puisse venir vous satisfaire; et si cet argent nouveau-né est lent à venir chercher ce que vous avez mis en réserve pour lui, vous attendez, c'est-à-dire que vous ralentissez votre marche productive en mettant vos producteurs (ouvriers) en chômage, vu que vous êtes encombré de cette matière utile qui est celle qui doit, en s'en allant, grossir matériellement votre capital. Ceci explique ces temps de lourdeur dans la machine productive, qui, tantôt dans une partie, tantôt dans une autre, tantôt sur un point, tantôt sur un autre, viennent augmenter l'effectif du camp du chômage permanent, pour lors, cette plaie du paupérisme !

Ainsi, comme on voit, et comme je le disais tout-à-l'heure, si le monde veut grossir matériellement son capital, il ne peut faire autrement que de ralentir sa production réelle, pour lors, entretenir ou augmenter le paupérisme selon qu'il veut plus ou moins vite le grossir, vu qu'il est obligé, de temps à autre, de mettre une partie de ses producteurs en chômage, c'est-à-dire, aussi longtemps que le capital nouveau-né met à déblayer ce qui est amoncelé pour lui dans les magasins.

Maintenant le monde est-il assez sage, assez vertueux pour tenir plutôt aux choses qu'à leurs noms, et préfère-t-il plutôt l'ac-

(1) Pour extraire et convertir en pièces roulantes ce capital de onze milliards, on peut évaluer, par an, la population y travaillant, à vingt millions. Ainsi, c'est donc vingt millions d'individus qui tirent au plat commun sans y rien mettre, ce qui naturellement diminue la portion de ceux qui travaillent à l'emplir.

croissement de sa fortune réelle qui consiste dans l'accroissement des produits utiles qui seuls peuvent anéantir le paupérisme, qu'à l'augmentation de celle fictive qui consiste dans l'accroissement de son numéraire, qui, au contraire, entretient la pauvreté et l'augmente même? En un mot, est-il assez sage, assez vertueux, assez bon pour bien vouloir diminuer le salaire de ses travailleurs, seul moyen qui lui permette de mettre en œuvre son camp de chômage, pour lors d'augmenter sa production; est-il assez sage enfin pour bien vouloir renoncer à augmenter sa masse de numéraire, en vendant cette production aux prix de revient, seul moyen qui, en l'obligeant à congédier tous ses parasites, y compris les extracteurs de numéraire, lui permet de donner à consommer au producteur le fruit de son travail? — Non, certes, car les ouvriers s'opposent à la réduction du salaire comme les fabricants et les marchands s'opposent à la vente au prix de revient. — Eh bien! à défaut de cette sagesse, de cette bonne volonté consentie, raisonnée, est-il un agent assez fort, assez puissant, pour le contraindre à remplir cette œuvre de dévoûment? Est-il un agent qui puisse dire à l'humanité, avec la prétention d'être écouté: « Tu ne travailleras pas à l'élévation de ton trésor, parce qu'à ce travail d'élévation tu occupes une masse d'ouvriers que d'autres sont obligés de nourrir, tu t'abstiendras de toute dépense folle, parce qu'à ce travail futile tu occupes une masse de travailleurs que d'autres travailleurs sont obligés d'alimenter; tu vivras sobrement, parce qu'une foule considérable de tes membres manquent du nécessaire; tu transformeras, par la réduction du salaire, ton camp de chômage en camp de travail; parce que tes produits sont insuffisants, tu feras de puissantes machines, tu feras des inventions de toutes sortes, qui faciliteront cette transformation, par le bas prix de leurs produits.

Eh bien! oui, il en est un, un seul, et cet agent qui peut tenir au monde ce langage et se faire obéir, c'est la loi divine, c'est-à-dire la liberté individuelle, le chacun pour soi et le faire comme on peut; en un mot, c'est la liberté commerciale, c'est la concurrence illimitée des industries entre les peuples comme entre les individus; car par la concurrence commerciale, les peuples comme les individus, dans le but d'attirer à eux les consommateurs et les capitaux en circulation, sont forcés de vendre au-dessous les uns des autres jusqu'aux dernières limites du prix de revient, moyen qui, en permettant aux producteurs de jouir complètement de leurs produits, arrête ce travail futile de l'accroissement du capital social, et débarrasse ainsi le monde de cette nuée d'ouvriers parasites occupés à l'extraire des entrailles de la terre.

Par la libre concurrence, afin de pouvoir vendre à meilleur marché que leurs voisins (toujours dans le but d'attirer à eux les consommateurs et les capitaux), les nations comme les individus sont aussi forcés de réduire leurs frais de maison, leurs frais intérieurs, c'est-à-dire qu'ils sont forcés de réduire leurs dépenses au strict nécessaire, attendu que ce moyen donne la facilité de réduire le prix des objets, seul moyen d'en assurer la vente, et, par ce fait, limitant leur bénéfice, ils sont forcés de limiter leurs dépenses, ce qui naturellement détruit le camp parasite qui vit aux dépens des producteurs réels (1).

Par la libre concurrence, les peuples comme les individus sont encore forcés, s'ils veulent par le bas prix de leurs produits attirer les consommateurs, de réduire le salaire de leurs ouvriers en activité, et de reporter le fruit de cette réduction sur ceux en non activité ; ce qui, en fin de compte, transforme le camp du chômage, le camp des parasites en camp de travail réel, et alors ayant augmenté le camp du travail de ces deux éléments nouveaux, la race humaine se trouvera naturellement en possession d'un accroissement considérable de produits, qui étant, par la raison que je donne plus haut, forcés d'être vendus au prix de revient, assure au producteur un accroissement de jouissance en même temps qu'un travail constant, vu que cette vente forcée au prix de revient permet au producteur d'éviter les encombrements de produits qui l'oblige souvent au chômage, par la faculté que cela lui donne de vider le magasin à mesure qu'il travaille à le remplir. Car si les producteurs pouvaient aller chercher leur production tout entière dans les magasins où il l'amoncèle, avec la somme qu'ils reçoivent pour le faire, il n'y aurait jamais d'encombrement de produits, pour lors jamais de cas de chômage, et certes qu'ils pourraient sans peine vider le magasin général du monde, pendant qu'ils travaillent à le remplir ; car ils sont loin d'être repus... les producteurs... ils en sont tellement loin qu'ils pourraient le vider quatre fois pendant qu'ils travaillent à le remplir une, et cela sans qu'encore leurs besoins soient complètement satisfaits. Ainsi, s'il y a des encombrements de produits dans les magasins, encombrements qui en provoquant une mise en chômage momentanée ajoute au paupérisme, ce n'est pas parce que les consommateurs font défaut ni parce qu'ils sont repus... mais bien parce que ceux qui ont les matières produites entre les mains ne veulent pas les donner pour la même somme qu'ils ont donnée aux producteurs pour les faire. Eh bien ! qui peut forcer les détenteurs

(1) Si la concurrence commerciale entre les individus les oblige à réduire leurs frais domestiques, le même phénomène se produira chez les nations quand la concurrence existera entre les nations ; car, si les individus sont forcés par la concurrence commerciale de détruire un à un la gente domestique et de congédier tous les ouvriers de luxe, les nations seront, par le même motif, forcées de congédier un à un leurs soldats et leurs employés inutiles qui vivent aux dépens des travailleurs.

de la production à la donner au prix de revient, c'est-à-dire à rendre intégralement aux producteurs cette œuvre de leurs bras, augmentée par la mécanique, lorsqu'ils se présentent pour la réclamer, avec le titre en main, sous forme d'écus... la concurrence?... Tout autre moyen serait inefficace, vexatoire et onéreux : inefficace, parce qu'il faudrait trop d'yeux pour voir tout; vexatoire, parce qu'il faudrait s'initier chez les gens et les violenter; onéreux, parce qu'il faudrait instituer un nouveau corps de parasites à cet effet. Ainsi, comme je le dis, c'est cette vente forcée aux prix de revient, qui en donnant aux producteurs réels, au travailleur enfin, la jouissance complète de ses œuvres, détruit tous les vices dispendieux et le parasitisme jusque dans la personne même des maîtres, *et chasse les marchands du temple ;* car un maître qui voudra maintenir sa position sociale, ne pourra le faire que par une grande économie et un grand travail manuel et intellectuel, attendu qu'il n'y a qu'à l'aide de ces deux éléments qu'il pourra baisser le prix de ses produits, seul moyen de lui en assurer la vente et de conserver ou améliorer sa position sociale.

Ainsi donc, il est évident que la liberté illimitée du commerce conduit les nations comme les individus dans cette voie de l'extinction du parasitisme et de l'augmentation, non pas du capital social, mais de la valeur de ce capital par l'accroissement et le bas prix des produits.

Il est également évident que par le fait de la liberté commerciale les nations comme les individus lutteront corps à corps pour s'entre-arracher le capital en circulation, non pas par le prélèvement d'impôt comme le font les luttes guerrières, mais en s'inondant les unes les autres de matières utiles à bon marché, mais en se projetant à la face des masses de produits aux plus bas prix possible.

Maintenant, est-il un seul homme qui aime assez peu le peuple pour ne pas appeler de tous ses vœux cette lutte industrielle qui rendra alerte les nations les plus lourdes, qui réveillera les peuples les plus endormis, et qui fera couler des torrents de produits sur la surface de la terre, où petits et grands pourront se désaltérer.

Est-il un homme dont le cœur ne bondit pas de joie, lorsque par la pensée il assiste au spectacle de cette lutte industrielle où les nations jetteront en pâture aux nations des masses de matières toujours au rabais?

Est-il un homme dont l'âme ne soit pas ravie en pensant à cette ère d'abondance qui donnera le confort, l'aisance et la liberté aux pauvres prolétaires qui souffrent de faim et de soif depuis tant de siècles.

Moi, dit le monde protectionniste, attendu que pour arracher par ce moyen le capital à une autre nation ou à un autre particulier il faut faire des progrès dans son industrie, et comme je ne veux me casser ni la tête ni les bras dans cette lutte, je proteste contre cette concurrence anarchique, et je préfère oppérer par par les moyens employés jusqu'ici, c'est-à-dire que je préfère augmenter ma fortune fictive par de l'argent nouveau-né, c'est plus commode, attendu que quand mon magasin est plein je mets mes ouvriers en chômage, c'est-à-dire que je les fais jeûner auprès jusqu'à ce qu'il soit vidé, au prix que je veux en retirer, et n'ayant point de rival cela se peut.

— Alors, mon petit ami, vous n'êtes pas un génie, car la vie du génie c'est la lutte, parce que cette lutte tient dans son flanc la vie du corps et de l'esprit du genre humain.

—Puis (continue le monde protectionniste), diminuer le prix des subsistances par le progrès ou la diminution de la main-d'œuvre, c'est enrichir tout le monde à la fois par l'augmentation de la valeur du capital de chacun ; tandis que si au contraire je n'ai point de concurrent qui me force à vendre au prix de revient, je maintiens un prix élevé et j'accrois mon capital particulier par un bon bénéfice que me donne l'argent nouveau-né, et alors je m'élève seul et les autres restent par terre.

— Tout beau, Monsieur, Dieu n'a point voulu que chacun travaillât pour soi sans travailler pour les autres, et aussi, à cet effet, il impose la liberté à quiconque veut vivre sous ses lois.

Résumé.

Ainsi, si je ne me trompe, je crois avoir, quoique en langage vulgaire et peu lucide, suffisamment démontré que le paupérisme était le résultat de l'insuffisance des produits, du parasitisme et de l'accroissement du capital social, et que cette insuffisance de produits venait de ce qu'on laissait inactive une force (le camp du chômage) trop considérable, et que cette force active au repos était à son tour le résultat de ce qu'on a donné tout le numéraire existant au camp du travail, et d'un bénéfice trop élevé qu'on voulait faire sur les matières produites pour grossir le trésor général; bénéfice qui, ne pouvant venir que des extracteurs de numéraire, faisait presque toujours défaut et provoquait naturellement des encombrements de produits dans les magasins, encombrements qui à leur tour dotaient ceux qui les avaient produits d'une mise en chômage, pour lors du jeûne.

Maintenant, je crois avoir démontré aussi que la libre concurrence internationale avec sa fille la concurrence individuelle, quoique celle-ci soit l'aînée, avait seule le pouvoir d'extirper ces trois racines de vie du paupérisme, à savoir l'insuffisance des produits, le parasitisme et l'accroissement du capital social. Je crois, si je ne me trompe, avoir prouvé que le monde était, par la libre concurrence industrielle, forcé 1° de donner ses matières produites au prix de revient, pour lors de se faire économe et de se débarrasser de ses parasites et ouvriers de luxe;

2° De réduire le salaire de ses ouvriers en activité, et de transformer le camp du chômage en camp de travail, avec le fruit de cette réduction, pour lors d'augmenter sa production utile et la valeur de son numéraire par l'abaissement du prix de revient;

3° De congédier ses extracteurs de numéraire par l'impossibilité où il se trouve de leur fournir des produits utiles, vu que cette vente forcée des produits au prix de revient donne à ceux qui les ont produits la faculté de les consommer entièrement. Ainsi, la concurrence individuelle et internationale est bien le remède contre le paupérisme, puisqu'elle conduit le monde à l'économie et à employer tous ses membres assiduement à un travail utile, et la possibilité de consommer le fruit de ce travail à mesure qu'il s'exécute. Maintenant, ceux qui reposent à l'ombre de l'arbre de la protection et ceux qui vivent de ses fruits voudront-ils nous accorder cette concurrence, cette liberté commerciale, simple jeu de la nature qui doit tuer le paupérisme par l'économie et par l'abondance qu'elle répandra sur la terre? Voudront-ils consentir que cet arbre sous lequel ils s'abritent soit arraché, et ne sera-t-il pas nécessaire d'appeler, à cet effet, au conseil de famille, ceux qui ont intérêt à ce qu'il tombe? les non possesseurs, enfin? Je le crois; car si les gros bonnets de l'industrie de tous les partis aiment à peser de tout le poids de leur forte concurrence sur leurs petits confrères de l'intérieur, en revanche ils craignent beaucoup de se trouver en face de concurrents étrangers peut-être plus forts qu'eux, et il est plus que probable que les hommes qui ont pris l'initiative de cette grande réforme des douanes sur la surface du globe, ne l'obtiendront pas des gros industriels de tous les pays; car, reposant avec sécurité et mollesse sous cet arbre de la protection, ils ne pourront ni ne voudront consentir à ce qu'on l'arrache; et certainement que si les promoteurs de la liberté commerciale veulent sincèrement la réussite de leur œuvre, ils seront obligé d'appeler à cet effet les non possesseurs au conseil de famille. Qu'ils ne craignent point de le faire aussitôt qu'ils en auront reconnu la suprême nécessité, c'est-à-dire aussitôt qu'ils auront épuisé auprès des privilégiés tous les moyens en leur pouvoir.

Car ce recours définitif n'est point dangereux, comme on feint de le croire, à nombre égal; la faim de l'estomac n'est pas plus accessible à la corruption des malintentionnés, que la soif des grandeurs et des richesses, et par son nombre elle devient incorruptible. Ainsi, on peut donc sans crainte, dis-je, appeler la classe laborieuse à l'élection ; aussi bien un jour ou l'autre il le faudra si l'on veut que les abus de toutes sortes disparaissent, si l'on veut que toutes les pierres qui encombrent la source productive soient extraites ; ceci est dans l'ordre de la nature, sur la route de laquelle nous cheminons depuis bientôt soixante ans (1) (route qui, selon le Christ, doit être terminée avant la fin de ce siècle) : car si, pour obéir à Dieu, un individu doit pouvoir se mouvoir physiquement et intellectuellement, selon qu'il le croit nécessaire à son intérêt, les lois sous l'égide desquelles il vit doivent lui permettre, lui faciliter même ce mouvement, et pour que les lois permettent, facilitent ce mouvement à tous, il faut nécessairement qu'elles soient le fruit de la volonté, des désirs et des besoins de tous. Ainsi, puisqu'il le faut, puisque l'on ne peut se soustraire à cette marche de la nature, le plus tôt sera le meilleur, car plutôt les hommes et les peuples seront sous la tutelle de Dieu (de leurs inspirations), plutôt ils jouiront des bienfaits qu'il tient dans ses mains, et ils sont infinis comme sa puissance. Oui, infinis comme sa puissance ; car si les hommes avaient depuis leur naissance assuré, par des lois, à chacun la jouissance de ses œuvres et facilité le développement de l'intelligence de chacun (2), au lieu de l'entraver comme ils l'ont fait jusqu'ici par toute sorte d'organisations (3), il y a longtemps que le monde aurait tout par surcroît, il y a longtemps que l'agent mécanique aurait renvoyé aux champs, élargir les moissons, les ouvriers qui s'atrophient dans l'air impur des fabriques. Si seulement il l'avait fait depuis que le Christ le lui a révélé, nous ne serions pas aujourd'hui, nous prolétaire, obligés de pourvoir aux besoins entiers du monde au prix de notre sueur et de notre vie, car ce serait des ouvriers de fer, ces fils de l'homme, qui le vêtiraient à notre place pendant que sous la voûte céleste nous travaillerions à le nourrir. Et pourquoi le monde n'a-t-il pas jusqu'ici assuré à chacun la jouissance de ses œuvres, et aidé, autant qu'il était en son pouvoir, le développement de l'intelligence de tous ses membres, parce que tous ses membres n'étaient pas appelés à statuer sur son régime de vie? *Une loi entre cent*, avec celle de la liberté des échanges, qui sortirait, si tous étaient appelés à la confection des lois, serait une loi qui allouerait une somme de..... à tout inventeur qui aurait une mécanique productive à faire, ou tout au moins pour lui aider à faire un modèle suffisamment sérieux

(1) *Le Christ nous explique ainsi la marche de la nature dans l'ordre politique :* Le royaume du ciel est semblable au levain qu'une femme prend et qu'elle met dans trois mesures de farine jusqu'à ce que la pâte soit toute levée ; en d'autres termes, jusqu'à ce que tous les hommes viriles prennent part à l'arrangement du ménage national ; 89 fut le levain.

(2) Aider aux inventeurs de machines industrielles à personnifier l'œuvre de leur imagination avec l'argent dépensé en luttes guerrières.

(3) La douane protectionniste est encore de l'organisation industrielle.

pour attirer les capitaux (1), attendu qu'une telle loi déchaînerait des milliers d'intelligence qui heurteraient à toute heure et en tous sens aux portes de la nature qui, par cette importunité incessante, ouvrirait ses trésors les plus cachés et nous donnerait ce qu'il nous faut, c'est-à-dire des machines productives pour lors, l'abondance; car, comme nous l'a dit le Christ : « *Si vous lui demandez un poisson, elle ne vous donnera pas un serpent au lieu d'un poisson.* » Or, je le répète, pour qu'un individu puisse obéir à Dieu, il faut qu'il puisse se mouvoir physiquement et intellectuellement, selon qu'il le peut et qu'il le croit nécessaire à son intérêt personnel. — Ainsi, si dans l'ordre de la nature, vu la solidarité naturelle qui en découle, chacun des individus comme chacun des corps qui peuplent l'univers, doit ne penser et ne travailler que pour soi, le monde comme corps et comme individu, doit ne penser et ne travailler que pour lui; alors, son premier soin dans ce cas, c'est-à-dire s'il était appelé à s'occuper de lui, serait de prendre des mesures qui auraient pour mission d'exciter à la grande production et à la vente au prix de revient de cette production, et la liberté des échanges, et une allocation aux inventeurs, seraient certainement le premier point sur lequel il se prononcerait, attendu que ces deux lois sont les principaux guides qui, bon gré malgré, conduisent à ce but; — l'une (la liberté des échanges), parce qu'elle permet au sol de produire selon sa nature, pour lors beaucoup et à peu de frais; l'autre (une allocation aux inventeurs), parce qu'elle permet au génie, là où il se trouve, de transformer le souffle de sa pensée en producteur habile sous forme de mécanique, et que toutes deux réunies conduisent à marche forcée vers cette grande concurrence commerciale, qui, à son tour, par son opiniâtreté, force à la vente au prix de revient et à la réduction du salaire, seul moyen de mettre en activité le camp du chômage.

Maintenant, sont-ce les deux cent mille électeurs actuels, sont-ce les princes absolus qui voudraient nous donner de telles lois, dont le but serait l'anéantissement de la pauvreté par le surcroît de production qui en ressortirait? Assurément non, d'abord ils n'en ont pas besoin... ils n'ont pas faim... puis ce serait ouvrir une trop large issue au génie, à la concurrence industrielle : on verrait trop d'ouvriers s'élever dans l'échelle sociale et porter la lutte industrielle au haut de l'échelle parmi les nonchalants qui y sont. Aussi disent-ils : « Périsse mille fois le monde de misère, plutôt que d'employer ce procédé qui est le règne de l'intelligence,

(1) Certes qu'il vaudrait bien mieux nourrir des hommes pour construire des machines ou des modèles de machines productives, que d'en nourrir, comme on l'a fait jusqu'à présent, pour les détruire, et il ferait plus beau voir un état-major groupé autour d'une enclume qu'autour d'une pièce d'artillerie.

de la vertu et du travail. » Eh bien! ceci nous dit que si on ne peut pas obtenir du régime politique actuel des lois qui permettent, facilitent le développement de l'intelligence des individus, qui seules peuvent sauver le monde de la misère où il est plongé depuis tant de siècles, c'est que nous ne sommes pas encore dans le royaume de Dieu, c'est que nous ne sommes pas encore libre; enfin, c'est que nous sommes encore sous la tutelle de l'homme, car ce n'est pas être en la puissance de Dieu d'en tendre sa voix (qui vous dit: Invente, invente tel ou tel agen-producteur, cultive de telle ou telle manière), et ne pouvoir lu obéir.

Ainsi, je répète que l'anéantissement du paupérisme ne peut venir que par l'abondance et la vente au prix de revient de cette abondance, et que cette abondance et cette vente au prix de revient ne peuvent venir que par une concurrence industrielle effrénée entre les peuples comme entre les individus; de même que cette concurrence frénétique ne peut venir qu'en donnant aux individus et aux nations leur liberté d'action intellectuelle et physique, et que cette liberté d'action intellectuelle et physique des nations et des individus, qui donne cette série de faits qui conduisent à l'abondance, pour lors à l'extinction de la pauvreté, ne peut venir que par le suffrage universel, attendu que les lois qui doivent donner aux nations et aux individus cette liberté d'action intellectuelle et physique ne peuvent être une œuvre de prévision: elles ne peuvent être que l'œuvre de besoins sentis, et pour que tous les besoins sentis se révèlent dans la loi, il faut que tous concourent à son érection. Ainsi, il résulte de tout ceci qu'il faut premièrement le suffrage universel (ceci se conçoit du reste, on ne peut avoir le fruit sans l'arbre); et pourquoi faut-il le suffrage universel? parce que le suffrage universel est le royaume de Dieu. Il est le royaume de Dieu, parce que ce n'est qu'en cet état où le monde peut obéir à ses inspirations qui sont alors les ordres de Dieu: inspirations qui, étant naturellement toujours en vue de son bonheur, donneront des lois qui permettront aux individus d'obéir à leurs inspirations particulières et de se développer en raison de l'intelligence qu'il aura plu à Dieu de les doter, seul moyen de porter la concurrence et l'émulation depuis un bout de l'échelle sociale jusqu'à l'autre.

Ainsi, ceci nous dit qu'une série d'évènements politiques et sociaux restent encore à accomplir pour tuer le paupérisme, évènements contre lesquels il ne faudra point se dresser lorsqu'ils se présenteront sérieusement, car des malheurs en résulteraient. Que cette parole du Christ, déjà deux fois réalisée (89 et 1830), serve d'enseignement à ceux qui seraient tentés de s'opposer aux développements de la nature, dans le sein de laquelle nous a jeté la bourrasque de 89.

« *Il est nécessaire qu'il y ait des scandales, mais malheur à*
» *celui par qui le scandale arrive; que si votre main ou votre*
» *pied vous est un sujet de scandale et de chute, coupez les et*
» *jetez-les loin de vous, il vaut bien mieux pour vous que vous*
» *entriez dans la vie n'ayant qu'un pied, qu'une main, que d'en*
» *avoir deux et d'être précipité dans le feu éternel* (1). »

Le principe monarchique et le suffrage universel.

On a jusqu'à présent dit, pour avoir le droit de repousser le peuple de l'urne électorale, que le principe monarchique serait compromis s'il y arrivait : ceci est une allégation gratuite, un prétexte, rien autre chose. Et pourquoi le principe monarchique ne pourrait-il pas subsister avec vingt millions d'électeurs, comme il subsiste avec deux cent mille ? Parce que... parce que les deux cent mille électeurs peuvent tirer, harceler cette monarchie, la tourmenter par leur obsession, et que s'il y avait vingt millions d'électeurs ils ne pourraient plus imposer à la royauté leur désir public et privé : voilà le secret du parce que, car la royauté entre dans le plan de la nature pour le gouvernement des hommes ; au physique elle tient la gerbe qui couvre la ruche nationale, au moral elle est la Providence terrestre qui plane sur ceux qui faillissent ; car, quand les lois ont parlé, s'il n'y avait point de royauté, malheur à celui contre lequel elles auraient prononcé, car l'espérance, cette divine espérance qui console et fait supporter les douleurs les plus intenses, serait bannie de son âme, et quand je dis que la royauté entre dans le plan de la nature, je dis vrai, car Dieu n'a point voulu qu'aucun de ses enfants, si criminel qu'il fût, connaisse sa destinée et sans qu'il ait un moyen de pouvoir l'ignorer.

Mais, dira-t-on, la tourbe populaire n'entrera pas dans ces considérations morales, et il sera toujours facile aux factions de dénoncer la monarchie comme une machine coûteuse. Et depuis quand, s'il vous plaît, le peuple, le vrai peuple, ne voit-il pas ce qui est et voit-il ce qui n'est pas? Voyez s'il s'est trompé jamais

(1) Maintenant les ouvriers savent qu'ils tiennent leur avenir dans leurs mains et qu'ils n'ont plus rien à faire qu'à repousser hautement toutes ces fausses doctrines dont on les accable, et à se rendre au plus vite dignes de l'électorat par une appréciation suivie de la mécanique sociale, parce que ce n'est qu'à ce prix qu'ils auront la vraie concurrence d'un bout de l'échelle industrielle jusqu'à l'autre, seul élément d'abondance qui puisse les tirer de la misère où ils se trouvent, et cela *en doublant la fortune de tous ceux qui possèdent, par le fait de la diminution du prix des produits.*

dans ses mouvements : ceci pourtant devrait le mettre à l'abri de tout soupçon, qui le fait raisonner à l'opposé de ses actes? Des gens intéressés, voilà tout; et s'il a le jugement sain pour le soulèvement, il aura le jugement sain pour les délibérations, et il ne congédiera pas la royauté parce que la royauté est une machine coûteuse, parce que cela n'est pas. Non, la royauté n'est pas coûteuse; parce que quand on prend un homme pour en faire un roi, cet homme est toujours assez riche de sa propre richesse pour se subvenir. Alors l'argent qu'on lui donne pour sa place de roi, il ne peut le consommer lui-même, et s'il est intéressé, s'il est, comme le reste des hommes, mû par cette passion mère (l'amour de soi) qui mène à l'amour des richesses, s'il veut, en un mot, donner à sa famille une fortune de première ordre, il faut qu'il répande, sous forme de prêt, dans les ateliers, dans les usines et dans les champs, cet argent tel qu'il l'a reçu, c'est-à-dire avec son équivalent en matière utile (1). Ainsi, comme on le voit, le peuple producteur devenu électeur saura que sa monarchie ne lui coûtera rien (2), comme il sait que la monarchie à deux ou trois cent mille électeurs lui coûte cher, parce que cette monarchie est obligée de payer une nuée innombrable d'agents qu'il faut qu'elle nourrisse pour veiller à ce que la position exceptionnelle des deux ou trois cent mille électeurs ne soit point sapée; tandis qu'à cette époque, quand le monde aura pris son état normal, il n'y aura plus besoin de cette catégorie d'agents.

Ainsi, qu'on ne vienne plus dire que l'arrivée de la classe laborieuse au conseil de famille entraîne la retraite de la monarchie, car, au contraire, cet appoint lui donnera l'indépendance morale et physique, attendu qu'elle pourra user de sa prérogative sans s'inquiéter si elle va ou non s'aliéner tel ou tel personnage, telle ou telle coterie qui ne servent la royauté que tant que la royauté veut bien les servir, c'est-à-dire tant que la royauté travaille à la conservation de leur privilège.

(1) Qu'importe à l'ouvrier que l'argent qui le fait mouvoir appartienne à Pierre ou à Paul, oui, qu'importe à l'ouvrier que l'argent qu'il absorbe pendant qu'il travaille appartienne au roi ou à d'autres particuliers.

(2) La royauté ne coûte rien aux travailleurs, puisqu'elle reçoit d'une main et rend de l'autre; et quand même elle coûterait quelque chose, elle ne coûterait encore rien, attendu qu'elle empêche, par sa présence héréditaire, les ambitions rivales de se dresser les unes contre les autres, dans le but de s'approprier le pouvoir supérieur, — et verse, par ce fait, la sécurité et la paix sur le pays; — et la paix et la sécurité, au sein des états, sont la mère de l'abondance; car, quand les esprits sont en proie à la dissension, au tumulte, ils ne sont pas à la production, et la perte des produits qui en résulte est cent fois, mille fois plus considérable que ce que l'on donnerait à dépenser à la royauté. Un peuple en temps de guerre extérieure peut se passer de roi, mais en temps de paix, non ; — encore, en temps de guerre, le sort de la liberté dépend-il d'une victoire : on en a vu la triste preuve dans la personne du vainqueur des Pyramides.

Le rail-way ou la crise industrielle.

Qu'est-ce que le rail-way?—Le rail-way est un outil de premier ordre chez les humains. —Avec quoi le fait-on?—Avec des hommes. — Qu'est-ce que l'on donne aux hommes pour le leur faire faire?—On leur donne de l'argent.—Où le puise-t-on cet argent? —Où il est.—Où est-il?—Dans les fabriques de toutes sortes.—A quoi sert-il dans les fabriques?—Il sert à faire mouvoir les hommes qui y sont. — A quoi sert le mouvement des hommes de ces fabriques? à faire des objets usuels de toutes sortes, utiles aux besoins humains. — Mais si on retire l'argent qui les fait mouvoir pour le donner aux hommes qui doivent faire des rail-ways, ils ne se mouveront plus, et alors ils ne feront plus d'objets usuels? non. — Mais où les hommes des railways iront-ils acheter ce qui leur est nécessaire pendant qu'ils feront ces routes ferrées? chez les marchands. — Et les marchands, où iront ils les acheter? aux fabriques. — Mais les fabriques n'en feront plus, puisqu'on leur aura ôté leur moteur (l'argent). — Eh bien, ils achèteront le peu qu'il y a en réserve.—Mais si les hommes des fabriques n'en font plus, cette réserve sera bientôt épuisée, et alors il y aura disette d'objets nécessaires à la vie. — C'est vrai, les objets usuels deviendront très rares. — Je crois bien, si rares qu'il n'y en aura plus. — Si, il y en aura toujours un peu, car on ne retirera pas tout l'argent des fabriques, et il y aura bien encore quelques hommes qui en feront. — Oui, je comprends, ils seront peut-être cinquante pour absorber ce qu'un confectionnera, c'est-à-dire qu'il y aura cinquante consommateurs pour un producteur, et alors, comme on peut le croire, ils n'en auront pas lourd chacun, et je commence à voir que cet outil que l'on nomme chemin de fer va enfanter bien du mal et bien des privations en venant au monde; et certes que, si l'on eût été en communauté ou en phalanstère, on ne l'aurait pas entrepris. — Parce que? — Parce que ceux des fabriques phalanstériennes ne consentiraient jamais à donner ce qu'ils font à d'autres, c'est-àdire à des terrassiers dont le travail ne s'absorbe pas. Et bien certainement que ni les communistes ni les phalantériens ne seraient pas si fous de se serrer le ventre pour faire des routes aussi difficiles, et même, sans être en communauté, je crois que si on demandait le consentement des ouvriers des fabriques pour céder aux terrassiers, etc., l'argent qui leur est alloué pour leur travail de la fabrique et avec lequel ils achètent ce qui leur est nécessaire pour vivre, ils ne le donneraient pas; et je suis bien convaincu aussi qu'ils diraient d'une commune voix: *Point de rail-way! point de rail-way!* puisque si on fait des rail-ways, à nous, ouvriers des fabriques, on va nous ôter notre argent pour le donner à des terrassiers, etc. (1). —

(1) Ceci nous dit que, pour que l'industrie et les arts qui doivent, à un

Mais est-ce qu'il n'y aurait pas moyen de faire travailler les ouvriers des fabriques en même temps que ceux des rail-ways, ce qui éviterait une disette d'objets nécessaires à la vie, en même temps qu'on donnerait à tous la facilité, le moyen de s'en procurer? Je dis disette, et je ne me trompe pas, car s'il n'y a que des consommateurs et point de producteurs ou presque point, il y aura disette. — Si, il y a un moyen, mais rien qu'un. — Hé bien, c'est assez; lequel? renoncer à l'exécution des chemins de fer, peut-être? —Non pas, car ceux qui sont destinés à les faire seraient immédiatement condamnés à l'abstinence. Mais c'est par la réduction du salaire, parce que ce n'est que par la réduction du salaire qu'on peut étendre le capital existant sur les deux camps, seul moyen de les faire mouvoir simultanément chacun dans leur spécialité. — Mais ce moyen est impossible, les ouvriers font grève pour obtenir une augmentation de salaire; c'est bien loin de consentir à une diminution. —C'est vrai, ils préfèrent qu'on leur ôte tout, c'est-à-dire qu'on en mette une partie d'entre eux à pied, afin de pouvoir donner leur part de capital aux ouvriers des chemins de fer. C'est une erreur dans laquelle les plonge à plaisir certaines sectes, mais d'où ils sortiront bientôt, je l'espère. — Quelles sont ces sectes? — Je viens de vous les nommer. — Mais est-ce bien vrai que ce sont elles?—Lisez leur organe depuis son apparition jusqu'à la fin de la grève des charpentiers de 1845, et vous verrez si je me trompe; vous verrez que, si ce démon travesti n'a pas précipité plus de victimes dans l'abîme, ce n'est pas manque de l'avoir essayé, — et, dans quel but? — dans le but de faire des parricides, de faire immoler la liberté par ses propres enfants; dans le but de pouvoir dire au monde et aux opprimés que la liberté, dans laquelle ils mettent leur espoir, n'est qu'une marâtre. — Mais, pourquoi ne les a-t-on pas empêchés? — Parce qu'il est écrit qu'on doit laisser pousser l'ivraie et le bon grain jusqu'au temps de la moisson.

La Clé de l'Économie politique.

Ouvriers, mes frères, n'oubliez pas ceci : qu'il y a un camp de chômage et un camp de travail, et que le camp du travail occupe tout l'argent existant, car c'est là la clef avec laquelle vous

jour donné, pourvoir au genre humain, marchent, il faut que la fortune générale soit la propriété de quelques-uns qui en disposent selon leur volonté, attendu que, s'il en était autrement, et qu'il faille l'assentiment de tous pour disposer de cette fortune, rien ne se ferait. Ceci nous dit encore qu'il n'y a que des salariés qui peuvent prêter leur concours à toute œuvre issue du cerveau humain, vu que des associés travailleurs n'oseraient pas s'exposer à travailler à l'accomplissement d'œuvres inconnues, œuvres en qui l'auteur seul a foi.

pénétrerez tous les secrets de la mécanique sociale ; et avec laquelle vous reconnaîtrez et prédirez, heure par heure, minute par minute, les phénomènes sociaux et industriels qui devront ressortir de tel ou tel acte. Ceci est utile, car ce n'est qu'à cette condition que vous pourrez mettre la main dans l'urne qui fait les lois. Il ne suffit point pour gouverner ou se gouverner soi-même de croire qu'il y a un bon pâturage dans telle ou telle contrée pour se mettre en route et y aller. Il faut, avant de partir, le savoir et en être sûr comme si l'on y eut été. Je vous dirai, moi, que la société française est sur la bonne voie, et qu'elle marche au bonheur général. Seulement elle y marche malgré elle ; vainement elle cherche à remonter le fleuve, mais le courant l'entraîne. La preuve, la voici : tout le monde maudit l'égoïsme, et tout le monde est égoïste ; tout le monde maudit le veau d'or, et tout le monde l'adore ; tout le monde maudit l'orgueil et l'ambition, et tout le monde est orgueilleux et ambitieux. Ainsi, comme vous le voyez, la société marche, quoiqu'elle ne veuille par marcher ; car ce n'est que par l'égoïsme, le veau d'or, l'orgueil, l'ambition et l'espérance, que le monde marche à la fraternité la plus pure et à l'abondance, mère du bonheur.

Oui, plus un homme aime le veau d'or, plus il est mû par cette passion de l'amour des richesses, plus il fait de l'abondance et de la fraternité ; car, plus un homme est dévoré par cette sensation, plus il veut la satisfaire, et alors, pour la satisfaire *légalement et activement*, il est obligé, quelque soit sa sphère d'action, de se faire travailleur et de refouler en lui tous ses défauts dispendieux, de vivre même mesquinement, et de donner à ceux qui n'ont pas, c'est-à-dire à des ouvriers, sous forme de salaire, le fruit de son épargne et de son travail ; attendu que ce n'est que par ce moyen qu'il peut donner un surcroît de vitesse à la marche de sa fortune, seul élément capable d'alimenter cette passion de l'amour des richesses.

Ainsi, comme je le dis, le monde marche, bien que voulant s'arrêter ; car il est palpable que l'amour des richesses le conduit à l'abondance et à la fraternité.

Oui, l'amour des richesses mène à la fraternité ; et un homme qu'on affuble de l'épithète d'avare, de cancre, fait de la fraternité plus que qui que ce soit, puisqu'il donne, sous forme de salaire, à quiconque veut travailler pour lui, le droit de consommer ce qu'il s'est abstenu de consommer ; qui plus est, sans lui, sans le cancre enfin, il n'y aurait pas encore de machine productive dans le monde, et le monde n'aurait encore, pour se subvenir, que ses ongles et ses dents. Pour se rendre compte de cette question, il suffit qu'on suppose quatre hommes travaillant ensemble et absorbant, au fur et à mesure, le fruit de leurs travaux, et que, parmi ces hommes, il se trouve un inventeur qui propose une machine qui doive faire ce qu'ils font, c'est-à-dire pourvoir à leurs besoins, et qu'il faille un an à eux quatre pour la faire, que mangeront-ils pendant l'année de la construction de la machine, puisqu'ils absorbent tout à mesure qu'ils produisent? Rien. Ainsi, ils seront donc naturellement obligés de laisser là cette mécanique qui devait les soulager dans leur production. Maintenant, si l'on suppose un cancre parmi eux, qui, pendant de longues années, se soit abstenu de consommer sa part de production, c'est-à-dire que, pendant un très long temps, il ait, à force de privations, et même de rapacité, qu'on nomme réduction de salaire, économisé miette à miette de quoi les nourrir tous quatre pendant un an, alors, il leur dira : Nous allons faire la mécanique, car j'ai de quoi nous nourrir pendant le temps nécessaire pour la construction.

Eh bien ! le monde en est là ; le monde est une grande communauté où les uns inventent et travaillent et où les autres économisent et font des épargnes pour mettre à exécution les inventions de toutes sortes qui multiplient les cinq pains. Et la plus petite machine comme la plus grande n'est que le résultat du fruit de l'économie de quelques-uns ; comme il n'est pas un seul homme de mis en mouvement de travail, pas une seule usine d'élevée, pas un seul champ de cultivé, pas une seule maison de bâtie, de surcroît, qui ne soit aussi le résultat de cette économie. — Étrange erreur de nos mœurs ! on qualifie de cancre, d'avare (expression de mépris), ces bienfaiteurs de l'humanité, ces gardiens fidèles de la richesse sociale, eux qui donnent à consommer à des travailleurs le fruit de leur abstinence afin de le faire foisonner, au lieu de se laisser aller, comme tant d'autres, à la fougue de leur passion secondaire qui leur crie, jouis (1) ; mais, grâce à Dieu, la concurrence industrielle va grossir leurs rangs, et cette économie, nécessaire au monde pour élargir son champ de production, va s'opérer sur une plus grande échelle par la réduction de bénéfices qu'elle va imposer à tous les marchands et fabricants en général, qui, lors du contraire, faisaient des épargnes tout en menant joyeuse vie, et qui, par cette raison, faisaient peser les privations, pour obtenir cette épargne nécessaire, rien que sur la classe laborieuse.

La Marque obligatoire sur les produits, ou le Génie terrassé par la Renommée.

Par une matinée printanière, un homme, un rouleau de papier à la main, la tête penchée et dans une attitude méditative, lon-

(1) Voyez *l'Égoïste*, page 22.

geait la petite rivière de...... et ni le clapotement des eaux dont il suivait le cours, ni le gazouillement des oiseaux n'interrompaient sa rêverie ; seulement un bruit confus apporté par la brise qui remontait la vallée, attirait de temps à autre son attention. Au bout d'une demi-heure de marche, il trouva un homme sur la berge de la rivière, qui tenait à sa main une ligne dont il suivait assidument les mouvements que lui imprimait l'ondulation des flots; le voyageur profita du moment où le pêcheur tira sa ligne de l'eau pour la jeter de nouveau en amont, pour lui demander ce dont il avait besoin, jugeant que ce moment était le seul opportun pour obtenir un instant d'attention.

DIALOGUE.

Le voyageur : Monsieur le pêcheur, suis-je encore loin de l'usine de M. Pascal? *Le pêcheur :* Non, monsieur, cinq minutes de marche vous y rendront; mais si c'est pour parler au maître de la maison vous ne le trouverez point, car il est devant vous. *Le voyageur :* Comment! c'est à M. Pascal à qui j'ai l'honneur de parler : *Le pêcheur, que nous appellerons désormais M. Pascal :* Oui, monsieur, moi-même. *Le voyageur :* A cet homme dont le nom est répété cent fois par jour dans les comptoirs de nos marchands et dans nos entrepôts? Ah! monsieur, vous êtes une des gloires de notre pays, car sur tous les continents, tout ce qui est marqué de la maison Pascal est immédiatement enlevé; votre innovation dans les tissus est si notable, que tous les peuples de la terre l'apprécient à sa juste valeur. *M. Pascal :* Mon ami, ce n'est pas précisément moi qui ai fait cette innovation qui charme, comme vous le dites, tous les peuples de la terre, c'est mon aïeul, il faut rendre à César ce qui est à César; seulement je maintiens: comme l'a maintenu mon père, la renommée acquise par son talent et qu'il nous a léguée. *Le voyageur :* Eh bien, monsieur, puisque ce n'est pas au novateur à qui j'ai l'honneur de parler, que c'est à son petit-fils, ce petit-fils voudra sans doute ajouter à la gloire de son nom par une innovation nouvelle; tenez, lisez ceci (*il lui donne son rouleau de papier*). *M. Pascal prenant le rouleau de papier :* Mon ami, je ne doute pas que votre procédé soit bon; mais tous les jours on vient m'en offrir, et s'il fallait que je les acceptasse tous, je serais tous les jours dans les essais, et je trouve que ce serait me casser la tête inutilement; mon usine, sur le pied où elle est, marche bien; j'ai deux mille ouvriers, et c'est à peine si je peux fournir aux commandes qui me sont faites. Enfin, je vais tout de même prendre connaissance de votre procédé. Je vais jeter ma ligne à l'eau, et pendant ce temps vous veillerez; faites bien attention : si vous voyez le bouchon s'enfoncer dans l'eau, vous tirerez en douceur.

M. Pascal, après avoir lu : Mon ami, votre procédé est magnifique : j'y aperçois une amélioration notable dans le prix de revient et dans le rehaussement de la qualité ; mais si les fabriques de toutes sortes adoptaient toutes ces innovations, fruit du cerveau humain, par le bon marché des matières qui en résulterait, il provoquerait une baisse de salaire. *Le voyageur* : Oui, monsieur, vous avez raison, et c'est la seule route aussi par où le monde peut se sauver, parce que ce que vous diminuerez sur vos ouvriers en activité, vous le reporterez sur des ouvriers inoccupés. *M. Pascal* : Mais à ce compte, à un jour donné, il n'y aurait plus d'ouvriers à rien faire, et les maîtres ne pourraient plus déboutonner leur mauvaise humeur contre les ouvriers, vu qu'il n'y en aurait plus à la porte qui attendraient pour remplacer ceux qui ne prennent pas les reproches du bon côté. Après tout, ceci n'est pas encore ce qui me gêne le plus dans cette affaire, ce n'est pas l'indépendance de l'ouvrier qui me taquine, ni parce que les petites fortunes deviendraient suffisantes à ceux qui les possèdent. Je ne suis pas jaloux, je voudrais voir tout le monde dans l'aisance ; mais c'est que votre moyen commence par où je finis, et finit par où je commence, et il me faudrait remanier ma fabrique de fond en comble : c'est un embarras que je ne peux ni ne veux prendre sur moi. *Le voyageur :* Alors, M. Pascal, vous ne voulez point profiter de cette occasion, qui rehausserait et votre fortune et votre nom. *M. Pascal* : Mon ami, je viens de vous en dire la raison. *Le voyageur* : En ce cas, au revoir, M. Pascal. — Au revoir, monsieur ; je suis bien fâché, croyez-le, de ne pouvoir accueillir votre proposition comme elle devrait l'être, c'est-à-dire par une mise à exécution. *Le voyageur* : Je vais, monsieur, en vous quittant, me transporter chez M. Bardou, ce riche capitaliste que vous connaissez comme moi, et j'ai l'espérance que lui ne reculera pas devant la construction d'une usine propre à la mettre à exécution.

Le voyageur, dans la personne de laquelle on reconnaît le génie, se transporta immédiatement chez le capitaliste.

DIALOGUE.

Le génie : M. Bardou, je vous sais très riche et prêt à entreprendre tout ce qui peut vous enrichir encore. *M. Bardou :* C'est vrai, mon ami, mes coffres sont ouverts à quiconque veut les emplir davantage, c'est-à-dire à toute entreprise qui doit donner plus de matières utiles qu'elles n'en coûtent, vu que ce n'est qu'en augmentant ma fortune que je me hausse dans l'échelle sociale, et que je donne un coup de massue sur la tête de ce monstre qu'on appelle la misère. Voyez-vous, mon ami, si ce monstre est encore si vivace, ce n'est que parce qu'il y a encore trop d'hommes qui font des entreprises qui coûtent plus de matières utiles qu'elles n'en rapportent, et ceci recule, comme vous pouvez le penser, les jouissances terrestres au lieu de les faire avancer ; car, pourquoi le monde est-il malheureux? parce qu'il n'y a pas encore de jouissance pour tous, et l'on ne peut parvenir à en fournir à tous qu'à force d'en faire produire plus qu'on n'en absorbe. Aussi, lorsque je sème deux grains de blé, c'est que j'ai la certitude d'en recueillir trois, ou tout au moins les deux, attendu que si je sème dans un terrain qui laisse pourrir mes grains, le monde les perd, et ceux qui étaient destinés à s'en repaître sont condamnés au jeûne. *Le génie :* Eh bien, monsieur, c'est une de ces entreprises où vous semerez deux grains de blé pour en récolter au moins trois, que je viens vous offrir (*lui donnant son rouleau de papier*). Tenez, lisez ce que contient cette liasse, puis vous jugerez. Pour vous donner le temps de compulser ce plan, je reviendrai dans deux jours pour connaître votre décision.

Les deux jours passés, le génie, fidèle à sa promesse, se rendit chez le capitaliste.

M. Bardou au génie : Mon ami, j'ai examiné votre plan et l'ai fait examiner par des hommes compétents : il peut, si je ne me trompe, produire un tiers plus de matières utiles que n'en produisent les moyens jusque-là adoptés, et avec plus de qualités. *Le génie :* C'est cela même. *M. Bardou :* Mais quoiqu'il soit en apparence d'un bon rapport, je ne peux me charger de le mettre à exécution. *Le génie :* Pourquoi ! n'y avez-vous pas confiance? *M. Bardou :* Si, car je suis au contraire persuadé qu'il donnera même plus qu'il ne promet ; mais il y a un inconvénient qui neutralise au-delà sa capacité. *Le génie :* Lequel ? *Le capitaliste* : Un nom. *Le génie :* Un nom? *Le capitaliste :* Oui. Quel nom mettrons-nous sur ses produits ? *Le génie :* Parbleu, le vôtre ou le mien. *Le capitaliste :* Ni le mien, ni le vôtre n'amènera des acheteurs, et nous payerons des frais de transport pour des marchandises qui pourriront dans les entrepôts ; voilà tout. *Le génie :* Comment ! est-ce que les marchands ne sauront pas discerner ? *Le capitaliste* ; Si, les marchands sauront discerner ; il y en a, et même beaucoup, qui sauront très bien reconnaître la supériorité de notre marchandise ; mais le public ne le saura pas, et devant le public bonne renommée vaut mieux que ceinture dorée ; et les marchands n'achèteront pas, comme vous pouvez le penser, de la marchandise que le public ne voudra point. Ainsi, comme vous voyez, n'ayant point de ces noms connus, révérés, à mettre sur nos marchandises, nous sommes forcés de remettre notre innovation à des temps meilleurs, à des temps où les produits parleront d'eux-mêmes au public, et non pas leur cachet ; car, en ce moment, sous le règne de la marque obligatoire, il faudrait peut-être pendant plus de quinze ans montrer notre marchandise sur les marchés avant qu'on se fût donné la peine d'en essayer, et vous voyez, monsieur, que nous ne pouvons entreprendre cette affaire. *Le génie, découragé* : Le monde est arrêté, le génie qui le porte a les aîles coupées. C'est entendu, la plus petite organisation arrête le développement intellectuel et physique de l'humanité, et l'arrête dans sa marche ascendante vers la grande production, qui seule pourtant peut donner de tout à tous.

—

Les Socialistes disputant à Dieu le sceptre du monde.

Que vont dire à cela nos grands organisateurs, les phalanstériens et autres, eux qui pétitionnent pour qu'on restreigne la concurence industrielle, afin que chaque entrepreneur puisse s'enrichir à volonté et en dormant, quand il faut au contraire, pour le bonheur de tous, lui élargir l'arène, eux, qui se croyant cent coudées au-dessus de Dieu dans la distribution des rôles de chacun, et sur la marche à donner à l'espèce humaine, veulent faire la Charte sociale du genre humain. Pauvres hommes qui se figurent que ceci est du ressort de la conception de l'homme, comme si un arbre pouvait se faire jardinier et un mouton se faire berger; qu'ils sachent donc que l'homme n'a pas plus le pouvoir et le savoir de réglementer le monde et d'assigner la taille des individus que l'arbre n'a celui de réglementer les autres arbres dans leur pousse et dans leur taille, et qu'il faut à chacun un être supérieur et que l'être supérieur au monde qui alors peut le conduire sciemment au bien, est la nature et que cette nature ne peut agiter le monde qu'elle tient dans ses mains pour le faire marcher à la satisfaction de ses besoins que dans un état de liberté individuelle de chacun pour soi (1) et de faire comme on peut, vu que ce n'est que dans

(1) Le chacun pour soi est le pour tous le plus actif que l'on puisse imaginer. Il n'est pas un seul homme (les agioteurs exceptés) qui fasse faire un pas à sa fortune personnelle, que ce pas ne soit fait dans l'intérêt de tous, que ce pas ne couvre, dans la mesure de sa largeur, ceux qui ont froid et ne nourrisse ceux qui ont faim; témoin : un arbre ne peut grandir ses branches et se couvrir d'épais feuillages pour garantir son corps contre l'ardeur brûlante du soleil, sans en garantir les herbes qui pullulent à sa base, et faire ainsi de cette fraternité sans fond et sans ombre, c'est-à-dire exempte de tout reproche et de toute reconnaissance, telle que Dieu la veut et telle qu'il l'a ordonnée dans sa création ; cette fraternité, la plus belle de toutes, est sans fond et sans ombre, parce que, s'il prenait fantaisie à cet arbre, à ce seigneur de la forêt, de reprocher aux végétaux qu'il abrite le soin qu'il prend d'eux, ils pourraient lui répondre : Seigneur, si vous alongez de plus en plus vos branchages qui couvrent de plus en plus de nos semblables, ce n'est point dans l'intention de nous être utile, mais dans l'intention d'épaissir votre toison; alors nous n'avons pas d'obligation à vous avoir, car aucun de nous ne vous

cet état où l'homme s'adresse pleinement à son Dieu et où Dieu peut le gouverner pleinement et sans conteste. Pauvres insensés qui disputent à Dieu le savoir de gouverner le monde, *sa créature!* Que diraient-ils s'ils voyaient une locomotive, *créature de l'homme*, vouloir se faire entrepreneur d'une ligne ferrée? Il y en a qui vont peut-être trouver le rapprochement excentrique, eh bien, non! Ce rapprochement n'est point excentrique, car il n'est pas plus au pouvoir des hommes de faire vibrer les ressorts de l'homme, *créature de Dieu*, dans sa sociabilité, qu'il n'est au pouvoir des locomotives de faire vibrer les ressorts de la locomotive, *créature de l'homme;* et s'il n'est dû qu'à l'homme de faire rendre à la locomotive ce qu'elle doit rendre, il n'est dû qu'à Dieu de faire rendre à l'homme ce qu'il doit rendre; et si l'ordre de l'homme se révèle à la locomotive par l'inflammation de sa fournaise, l'ordre de Dieu se révèle à l'homme par l'inflammation de ses désirs et de ses besoins, et tous deux (locomotive et homme), agissent avec sécurité dans leur sphère d'action tant qu'ils restent soumis à leur créateur; et Dieu ne peut faire mouvoir l'homme et le monde à l'aide de ses besoins et de ses désirs, selon qu'il le sait nécessaire, que s'ils sont libres, comme l'homme ne peut faire mouvoir la locomotive à l'aide de sa fournaise que si elle est dégagée de tout frein. Ainsi, comme je le dis, il n'est pas plus au pouvoir de la locomotive de régir les locomotives, qu'il n'est au pouvoir des hommes de régir l'homme. Il y a certainement des esprits qui peuvent pénétrer les ressorts secrets qui font mouvoir le monde vers le but qu'il doit atteindre; mais ceux-là reconnaissent immédiatement leur impuissance, et que, ce qu'il y a de mieux à faire, est de laisser faire (c'est-à-dire de donner la liberté au tout et à tous), vu que la nature seule en a le pouvoir et qu'elle le fait avec une sagesse infinie. Ainsi donc, socialistes, vous qui voulez reconstruire la machine sociale à votre image, vous n'êtes que des malintentionnés qui voulez soustraire de nouveau le monde aux ordres du créateur; qui voulez en un mot substituer votre savoir et votre volonté à celle de Dieu.

Voyez les oiseaux du ciel et les herbes des champs, vous a dit le Christ il y a bientôt deux mille ans, lors de l'apogée de votre règne de communauté d'association et d'organisation. — Oui, voyez les oiseaux du ciel et les herbes des champs. — Y a-t-il un ou plusieurs oiseaux qui se chargent de régir et de pourvoir aux besoins des autres oiseaux? Y a-t-il une ou plusieurs herbes qui régissent et prennent soin des autres herbes, et leur manque-t-il

prie de grandir, vu que nous savons que vous êtes forcé de le faire par ordre de Dieu, qui se montre à vous sous forme de sève, et à l'homme sous la forme de l'orgueil et de l'ambition (Voyez *l'Égoïste*, page 22).

quelque chose aux uns ou aux autres? Non.—Et peut-on accuser le créateur de partialité dans sa création? Croit-on qu'il ait accordé plus de sollicitude aux oiseaux du ciel et à l'herbe des champs qu'à l'homme? Peut-on croire qu'ayant donné à l'homme des besoins, il ne lui ait point donné les moyens de les satisfaire? Peut-on croire que s'il inspire aux animaux et aux végétaux les moyens de se subvenir grassement dans son royaume, qui est la liberté individuelle, le chacun pour soi, le faire comme on peut, il ne l'ait point donné à l'homme? Si, Dieu a donné à l'homme les moyens de se pourvoir comme aux autres parties de sa création; car, comme le dit le Christ : *Si donc Dieu a soin de vêtir de la sorte une herbe des champs, qui est aujourd'hui et qui sera demain jetée dans le four, combien aura-t-il plus soin de vous vêtir?*

Ainsi, si le monde n'a point encore ce qu'il lui faut, c'est que, contrairement aux animaux et aux végétaux, il n'a point eu foi en son créateur; autrement dire, c'est qu'il n'a point obéi à la nature, qui est la liberté individuelle et *le chacun pour soi;* c'est qu'il a préféré faire de l'organisation et se mettre sous la tutelle de l'homme qui a réfréné en lui son génie et cette passion-mère, l'amour excessif de soi, qui se révèle par l'envie des richesses, à l'aide de laquelle Dieu le fait marcher au bonheur. En un mot, il a fait ce que ferait un enfant qui quitterait sa seconde mère, que Dieu lui donne, pour s'en aller vivre sous la tutelle d'autres enfants comme lui, qui n'écouteraient point ses cris et qui ne répondraient point à ses vœux, parce qu'ils ne l'entendraient pas et parce qu'ils ne le pourraient pas.

Ainsi, cesse tes poursuites, grand organisateur, démon de l'esclavage et de la misère, et sache qu'il te sera impossible de ressaisir le monde qui t'échappe, et que tous tes efforts en ce sens sont vains.

Car il est écrit : Il s'élevera des faux Christ et des faux prophètes qui feront de grands prodiges et des choses étonnantes, jusqu'à séduire même, *s'il était possible*, les élus.

S'il était possible, entends-tu? Ce qui signifie qu'il te sera impossible de les séduire, et quelle que soit la couleur de tes habits, quelle que soit l'épaisseur du masque dont tu te couvriras pour rentrer dans ton ancienne demeure, ils te reconnaîtront et te chasseront moralement comme ils t'auront chassé matériellement. Sache donc encore, démon de l'enfer, qu'il est aussi écrit que l'on reconnaîtra l'arbre à ses fruits. Eh bien! parmi ces nombreux ouvriers de fer que l'on nomme mécanique, qui à un jour donné seront suffisants pour nourrir le monde, leur père, cites-en donc un éclos sous ta tente longue de plusieurs mille ans; cite donc un de tes pupilles qui se soit élevé d'une coudée par l'enfantement d'un de ses ouvriers aux muscles d'acier; cite, cite donc un seul inventeur sorti d'une communauté organisée par tes soins, à moins que ce ne soient des inventeurs de supplice pour assurer ton empire chez les enfants de Dieu. Tu dis, pour séduire les masses et les attirer sous tes lois, que ces mécaniques gigantesques qui transforment la matière ne leur profitent point, mais seulement à des privilégiés? Cela n'est pas; car une mécanique ou un procédé quelconque, qui a pour but de transformer la matière brute en matière perfectionnée, profite à tous, et aux petits plus encore qu'aux grands, car le grand a ce qu'il lui faut avant la naissance de ladite mécanique ou dudit procédé : alors ce que fait cette mécanique est donc pour ceux qui n'ont pas ce qu'il leur faut? Mais quand il serait vrai que les mécaniques profiteraient seulement à des privilégiés, si au bout de cinquante ans d'inventions cent mille privilégiés vivent confortablement avec le fruit de ces inventions, au bout de cent ans il y en aura deux cent mille, ainsi de suite, jusqu'à ce que tous vivent confortablement aux dépens de ces producteurs de fer (1). Ainsi, si nous sommes sur la voie où se trouve ce qui doit chasser le démon de l'esclavage et de la misère, pourquoi ne la poursuivrions-nous pas? pourquoi la quitterions-nous pour te suivre dans le désert? pourquoi ne dirions-nous pas avec le Christ : Si c'est par le doigt de Dieu que je chasse les démons, c'est que le royaume de Dieu est venu jusqu'à vous? Autrement dire, si c'est par la liberté individuelle, la concurrence des industries que naissent les procédés producteurs qui doivent chasser la misère, c'est que la liberté individuelle et la concurrence sont la loi divine, car Dieu n'a point voulu que ses enfants fussent malheureux s'ils lui obéissent.

Tu nous dis encore, Satan, que tu feras de même, que tu feras naître aussi des ouvriers de fer qui travailleront à notre place; mais, je te le répète, il est écrit que l'on reconnaîtra l'arbre à ses fruits, et nous savons que tu n'as, pendant ton long règne, inventé que des supplices, et même arbre, mêmes fruits; ainsi, arrière, Satan, place à Dieu!

Quand même, Satan, tu le voudrais, tu ne le pourrais pas (2);

(1) Jésus explique ainsi ce mouvement progressif du genre humain obéissant à son créateur, c'est-à-dire obéissant à son instinct naturel qui est alors la volonté de Dieu : Le royaume de Dieu, dit-il, est semblable à un grain de seneve qu'un homme prend et sème dans son champ; ce grain (le génie que Dieu a mis dans l'homme) est la plus petite de toutes les semences; mais, lorsqu'il a crû, il est plus grand que tous les autres légumes et il devient un arbre, de sorte que tous les oiseaux du ciel viennent se reposer sur ses branches.

(2) Je prouverai, dans une autre partie de cet ouvrage, qu'il est *matériellement et moralement* impossible à une communauté, même phalanstérienne, de faire aucun progrès industriel, et qu'une fois en communauté, au lieu de marcher en avant, on marche en arrière, c'est-à-dire à la misère, à l'esclavage du fouet.

mais tu ne le veux pas, car ton élément, à toi, c'est l'engourdissement, la torpeur intellectuelle et morale. Ta jouissance est de voir les masses, le front courbé et ruisselant de sueur, arracher à la terre de quoi s'empêcher de mourir.

Il faut être communiste ou phalanstérien pour oser dire que cinq ou six mille chefs phalanstériens pourvoiraient mieux aux besoins du monde que le monde lui-même, comme s'il était possible que cinq ou six mille individus, élus, non pas vu leur capacité, mais vu la camaraderie, donnassent à chacun ce qu'il lui faut mieux que quand chacun y travaille en raison de son génie et de sa force, quand chacun y travaille avec cette ardeur, cette assiduité que donne cette passion mère (l'amour de soi) que Dieu a mise en nous, et devant laquelle toutes les autres passions doivent fléchir; comme si cinq ou six mille mercenaires pouvaient avoir autant de soin des brebis qui ne leur appartiennent point, que le troupeau lui même à qui les brebis appartiennent. Il ferait beau voir cinq ou six mille brebis phalanstériennes s'en aller quérir la pâture du troupeau!

Crois-tu donc, démon de l'oisiveté, les fils assez bénévoles, assez absurdes pour croire à pareilles sornettes, et les crois-tu assez lâches pour faire à leurs pères l'injure de relever ce qu'ils ont abattu? Les crois-tu assez pervers pour se faire parjures, en ramassant les derniers lambeaux de ta tente, enfouis au prix de leur sang, sous les décombres de la Bastille? Non!... non! ce que les pères ont fait par leur courage physique, les fils sauront le continuer par leur courage moral; et si de leur sang sacré les pères ont cimenté ton sépulcre, les fils sauront veiller à ce que tu n'en soulève point la pierre pour arrêter le développement du grain qu'ils ont semé.

Allons, nous autres enfants, debout au moral, comme nos aînés l'ont été au physique, et terrassons par les armes intellectuelles, comme nos devanciers l'ont terrassé par les armes matérielles, ce démon de l'oisiveté et de la paresse qui veut pénétrer de nouveau parmi nous pour y réimplanter la fainéantise et y éterniser la misère.

Déchirons son masque hypocrite à l'aide duquel il ose pénétrer dans nos rangs, et rendons-nous dignes de la nature notre mère en fustigeant à ses yeux celui qui vient dire à ses enfants qu'elle est une marâtre, quand son sein devient de plus en plus fécond à mesure qu'elle a plus d'enfants à allaiter.

Impuissance des Socialistes.

Si les communistes et les phalantériens avaient quelque peu

de pénétration, ils sauraient que, quand bien même ils parviendraient à séduire le monde moralement, le monde ne pourrait les suivre physiquement ; car, quel serait le premier travail des chefs communistes ou phalantériens si le monde se décidait à les suivre ? Ce serait de faire à chacun des membres une distribution de vivres, d'habillement et de logement au minimum, et comme ce minimum n'existe pas aux trois quarts près, ils seraient donc obligés de réduire ce minimum, c'est-à-dire de condamner au jeûne les membres du phalanstère ou de la communauté : ce qui entraînerait naturellement à une réaction, car chacun s'empresserait de quitter la tente phalanstérienne ou communiste où le jeûne serait à l'ordre du jour. Car bien certainement les ouvriers habiles qui ne jeûnent pas lorsqu'ils travaillent pour eux particulièrement, ne voudraient point consentir au jeûne pour l'amour du communisme, ainsi que les marchands, les rentiers. Eh bien ! que resterait-il sous cette tente de misère ? Presque personne. Donc, comme je vous le dis, et comme vous l'a dit le Christ avant moi, quand bien même vous séduiriez le monde au moral, vous ne pourriez point encore en venir à vos fins. Ainsi, cessez donc ce don quichottisme qui n'a d'autre but que de faire repousser la classe laborieuse de l'urne électorale, d'où elle peut extraire toutes les pierres qui encombrent la source productive, d'où elle peut déchirer le reste du voile qui emprisonne la mamelle de la nature. Cessez donc ce don quichottisme qui ne peut que la faire accabler d'impôts pour la construction de machines de guerre défensive, et de lois répressives, *telle que la loi du livret, par exemple, qui, si elle venait, serait encore votre ouvrage.* Ceci, on le sait, entre dans vos plans : vous voudriez entraîner le pouvoir dans une voie de réaction ou d'immobilité d'où pourrait surgir un cataclisme dont vous espérez tirer parti.

Mais détrompez-vous ; quand bien même l'intensité de la réaction ou de l'immobilité, dont vous seriez les provocateurs, engendrerait un cataclisme, vous n'en pourriez rien tirer en faveur de vos idées, et cela par la raison que je vous donne plus haut, c'est-à-dire par la raison que vous ne trouverez personne pour se laisser attacher à votre table de misère uniformément servie, par la raison que l'homme devenu libre a, quel que soit son infime position, ses petits jours de galas et qu'il ne peut se faire animal et recevoir, quand même elle serait suffisante, ce qui ne serait pas (bien loin de là), une ration uniforme d'un bout de l'année à l'autre. Si vous vous adressiez à des esclaves, vous pourriez avoir chance de réussite ; mais à des hommes libres, mais à des hommes qui préfèrent vivre d'abstinence pendant un laps de temps, afin de pouvoir un jour ou l'autre, *quand cela leur plaît,* faire un extra... non !

Mauvaise foi des Socialistes.

Un grain de blé n'a jamais engendré une asperge. Eh bien! pourquoi les socialistes ne travaillent-ils pas à faire arriver la classe laborieuse à l'urne électorale, et qu'ils répudient même cette route (1)? route qui seule pourtant peut leur donner gain de cause; car si, comme ils le disent, le phalanstère ou la communauté est la loi voulue par la nature, et qu'elle entre dans l'essence de la composition humaine, quand l'espèce humaine sera appelée à se prononcer sur sa manière de vivre elle se prononcera en leur faveur, et immédiatement, de cette urne électorale, qui renfermera les vœux, les désirs et les besoins de tous, on verra sortir des palais phalanstériens ou des tentes communistes.

Et quand je dis qu'ils sont de mauvaise foi, on comprendra que j'ai raison; car encore une fois si, comme ils le disent, ils croyent sincèrement que ce qu'ils veulent est la loi de la nature, ils devraient travailler à ce que cette loi se révèle dans toute sa pûreté. Quand on voit un arbre et qu'on croit qu'il a été vicié dans sa pousse, si on en veut un parfaitement naturel il n'y a qu'a en semer un autre et veiller à ce que personne ne le vicie dans son développement. Eh bien! pour savoir si le monde est vicié dans sa sociabilité, il n'y a qu'une chose à faire, c'est de le resemer, c'est-à-dire lui ouvrir l'urne électorale où il pourra déposer les germes de ses besoins, de ses désirs et de ses goûts, et on verra sortir l'arbre qu il désire, qu'il a besoin. Et, je le répète, si c'est la communauté, si c'est le phalanstère qui plaît, qui satisfait le mieux et son esprit et son corps, ce sera l'arbre du phalanstère ou de la communauté qui en sortira. Ainsi donc, socialistes, si vous étiez de bonne foi, si vous croyiez bien sincèrement ce que vous dites, si vous croyiez enfin que ce que vous demandez est bien le règne de la nature prêché par le Christ, vous travailleriez en conséquence.

Et, semblable au laboureur, qui saccage et bouleverse son champ par deux ou trois labours et qui jette ses graines au vent parce qu'il sait que la moisson ne peut venir qu'à ce prix, vous saccageriez, vous bouleverseriez, vous laboureriez vos idées; en un mot, si vous aviez foi en vos graines comme le laboureur a foi dans les siennes; vous les enfouiriez dans la terre puisque ce

(1) Ils répudient cette route puisqu'ils disent, chaque jour, dans leurs journaux et dans leurs harangues, que ce n'est pas parce que nous nommerions un député tous les quatre ou cinq ans que nous aurions une bouchée de pain de plus. — Pauvres hommes qui pensent nous faire croire que c'est en démolissant toutes les villes et tous les bourgs, pour faire des palais phalanstériens à la place, avec leur attirail bureaucratique, que nous aurions cette bouchée de pain de plus.

sont-elles qui, par la terreur qu'elle inspire, nous ferme l'urne électorale d'où elles peuvent éclore, si elles sont bonnes ; d'où peut venir, enfin, la moisson des idées, autrement dire l'arbre social sous lequel nous voudrions vivre ; mais non, vous n'y avez point foi, et vous ne voudrez point faire le sacrifice de vos idées, sacrifice qui rapprocherait l'heure du prononcement du monde, vous préférez essayer de plier, d'arracher l'arbre en germe au pied duquel nous sommes, parce que vous savez que de ce prononcement général sortira un arbre fort gigantesque dont les branches vous repousseront au-delà des confins du monde, c'est-à-dire dans les ténèbres extérieurs.

Ainsi, socialistes, maudissez-vous vous-mêmes si vous ne voulez pas être bientôt maudits par la multitude ; oui, maudits par la multitude, car vous aggravez ses maux en excitant à l'accabler d'impôts pour se mettre en garde contre elle, et en lui barrant la route par où elle peut se sauver.

Vous serez maudits quand bien même vous auriez dit la vérité, et que l'urne de la nature (urne électorale) donnerait (ce qui est impossible) la communauté ou le phalanstère, car vous en auriez retardé l'heure.

Ainsi, comme je vous le dis, si vous voulez être absout par la multitude au jour du jugement qui est proche, proclamez de toute la force de vos poumons que vous avez porté partout l'erreur et le mensonge, mais que vous vous en repentez ; que vous avez combattu la vérité, mais que la vérité vous a vaincus, et que cette parole de l'écriture est accomplie (*tu adoreras le Seigneur ton Dieu*), et que vous vous prosternez devant le règne de la nature, qui est la liberté industrielle et le chacun pour soi qui enfante la concurrence des industries et la liberté du travail, qui, à son tour, entraîne à la diminution du salaire et à l'envie des richesses, seul germe du génie et de l'abondance, pour lors de la fraternité.

Un dernier mot.

Grands de la chrétienté, la dernière heure de l'hypocrisie a sonné ; assez longtemps vous avez chanté la gloire et le martyr du Dieu des chrétiens, le temps est venu de lui obéir ; il vous a dit, il y a bientôt deux mille ans : *rendez à Dieu, ce qui est à Dieu ;* et vous n'en avez encore rien fait. Aujourd'hui, par ma bouche, il vous dit de nouveau : rendez à Dieu, ce qui est à Dieu. *Oui, rendez le monde à son Dieu,* c'est-à-dire, donnez-lui la liberté de penser et de s'occuper de lui, et son bonheur est assuré ; car le monde étant livré à lui-même, obéira à son instinct naturel, autrement dire à son Créateur, et son Créateur, qui lui a donné tous les besoins, à l'aide de ces mêmes besoins, lui donnera des inspirations d'où découleront des mesures dans l'intérêt de son bien-être, que vous n'avez jamais su lui donner, mesures dont la sagesse et la fertilité dépasseront ses besoins de cent coudées.

Et vous, Saint-Père, qui, du haut de votre trône, avez la tête dans le ciel, obéissez le premier aux ordres du Dieu que vous encensez, du Dieu que vous servez, et donnez le signal de cette restitution de l'homme à son Dieu; dites le premier, aux peuples soumis à vos lois: « Assez longtemps, parmi vous, j'ai occupé la place de Dieu; assez longtemps je me suis fait l'arbitre de votre destinée, sans pouvoir jamais l'adoucir; assez longtemps j'ai désobéi aux ordres du fils de l'Éternel, qui a dit de vous remettre entre les mains de son père; mais aujourd'hui, je veux lui obéir aujourd'hui, comme il l'a ordonné, je vous remets sous la tutelle du Créateur; aujourd'hui, je restitue à Dieu ce que je lui ai usurpé (la destinée des hommes); en un mot, je ne veux plus vous gouverner; seulement, je maintiendrai la paix matérielle entre vous, et ferai exécuter ce qui sera également convenu, sanctionné par la majorité d'entre vous.—Ainsi, petits et grands, rassemblez-vous, délibérez ensemble sur les mesures à prendre pour satisfaire vos besoins communs, Dieu sera là, et il vous inspirera plus sagement que moi, car je ne suis qu'un homme qui, ne sentant point tous les maux, ne peux penser à tous les remèdes. »

Et nous, prolétaires, ne cessons de répéter tous ensemble cette parole de notre frère crucifié : *grands de la terre, rendez à Dieu ce qui est à Dieu;* et que d'un bout de la terre à l'autre, sur les degrés des trônes, sur les marches des temples, à la porte des palais, cent millions de bouches fassent retentir ce cri, jadis unique : *grands de la terre, rendez à Dieu ce qui est à Dieu.* Oui, grands de la terre, cent millions de voix chrétiennes vous crient de rendre à Dieu ce qui est à Dieu; espérez-vous pouvoir étouffer cette immense exaltation en élevant cent millions de croix, et en faisant de la terre un calvaire? non, ne l'espérez pas, car cette grande victime ne serait point aussi docile que celle du mont Gol-Gotha; ou bien encore, espérez-vous que le corps du troupeau bêlera éternellement sur la lande aride, pendant que la tête pâturera à l'entrée de la prairie? non, ne l'espérez pas non plus; et si, par malheur, la tête captivée, séduite par la saveur de l'appât ne ressentait point et n'obéissait point à la pression qui la pousse au large dans la pâture, et qu'elle s'obstinât à ne vouloir que brouter la lisière, parce que la lisière lui suffit, le gros du troupeau, croyez-le, passerait sur elle et l'écraserait.

FIN DE LA PREMIÈRE PARTIE.

Dans cette partie, j'ai tâché de faire voir le but final vers lequel l'humanité s'avance, et l'élément qui l'y conduit. Dans la deuxième partie, je tâcherai de faire voir la route et les obstacles à franchir, obstacles qui, si Dieu ne nous venait en aide, seraient infranchissables; mais Dieu nous viendra en aide. Voyez une paille, chacun des nœuds qui la contournent fut pour l'épi un obstacle qui s'opposa à son passage; mais, avec l'aide de Dieu, il en triompha; et ces obstacles ont eu pour mission définitive la consolidation de la paille qui le porte. De même, chaque obstacle que l'humanité rencontrera consolidera l'arbre social du monde.

Paris. — Typographie et Lithographie de A. Appert,
PASSAGE DU CAIRE, 54.

www.ingramcontent.com/pod-product-compliance
Ingram Content Group UK Ltd.
Pitfield, Milton Keynes, MK11 3LW, UK
UKHW020324220726
13923UKWH00003B/1359